JN038045

紅霞後宮物語　第零幕
六、追憶の祝歌

雪村花菜

富士見L文庫

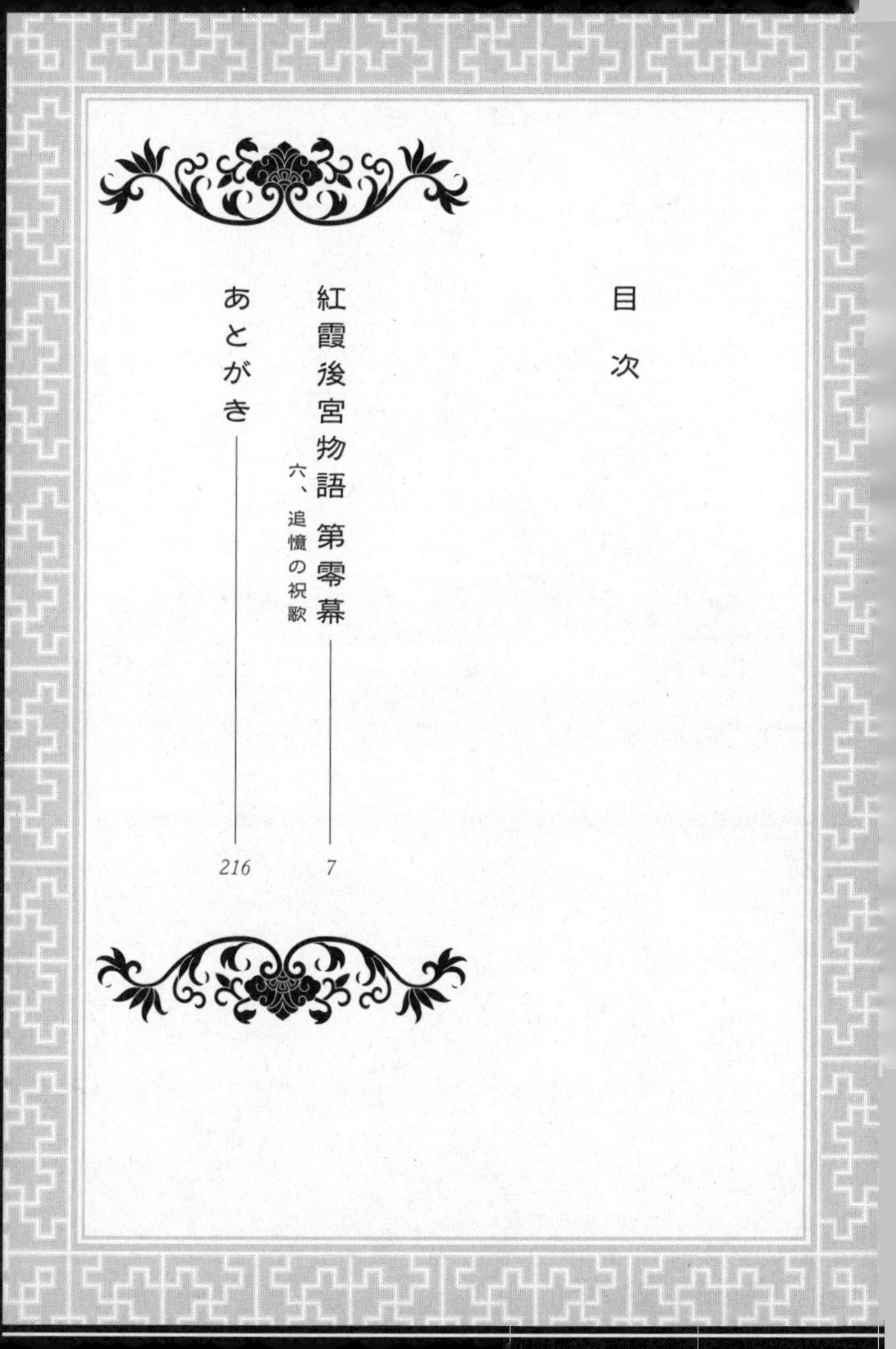

目次

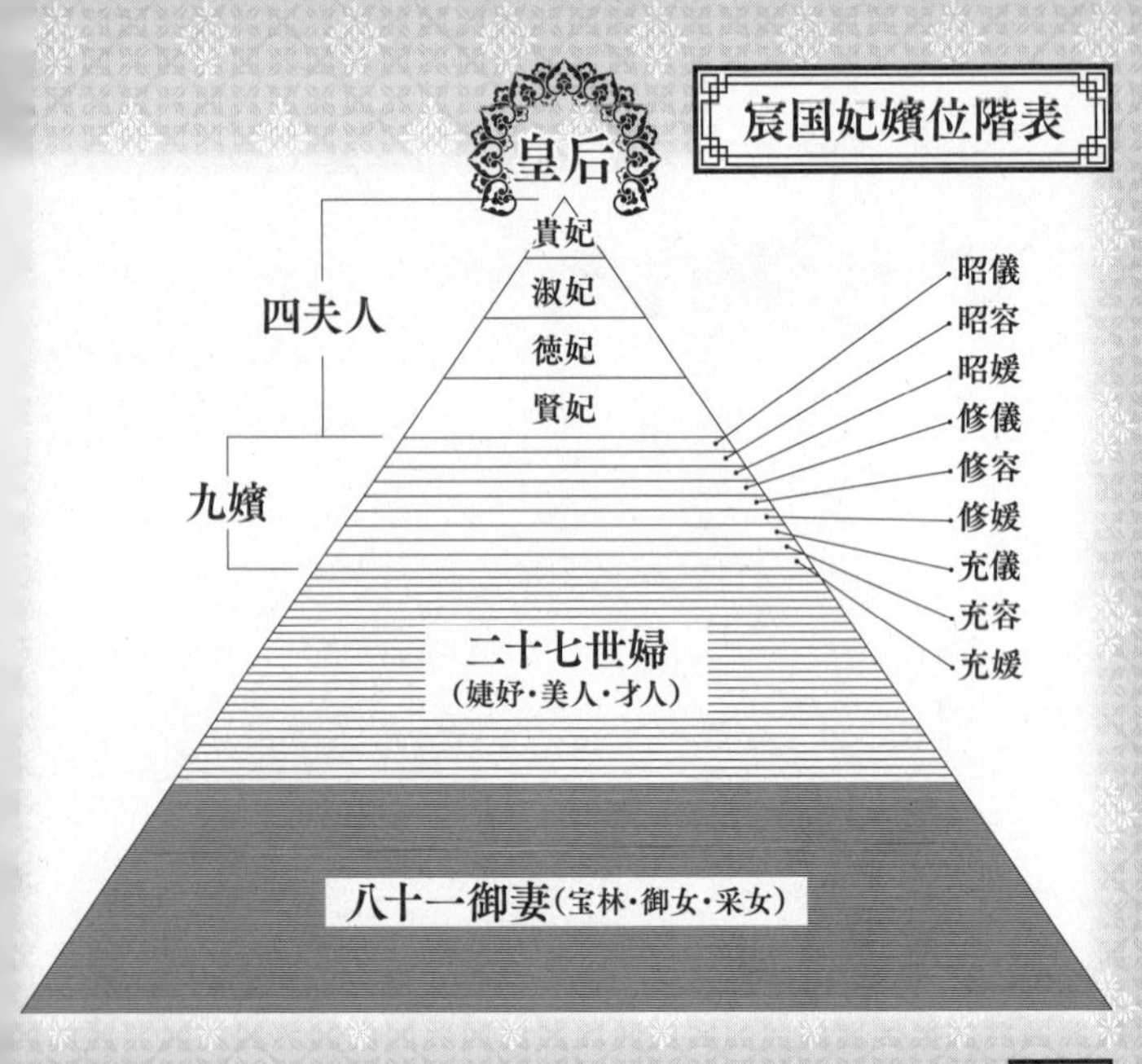
宸国妃嬪位階表
皇后
貴妃
淑妃
徳妃
賢妃
四夫人
九嬪
昭儀
昭容
昭媛
修儀
修容
修媛
充儀
充容
充媛
二十七世婦
（婕妤・美人・才人）
八十一御妻（宝林・御女・采女）

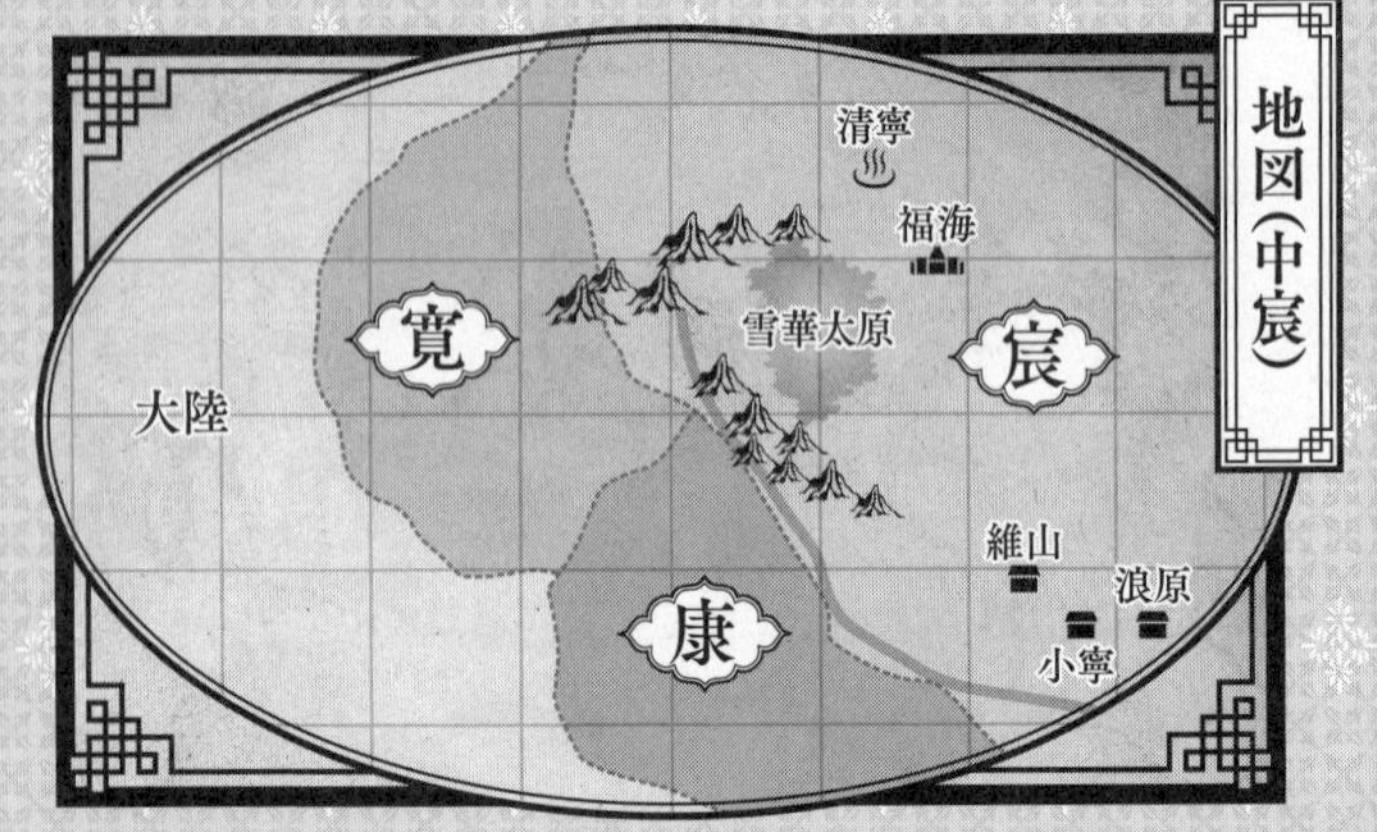
地図（中宸）
清寧
福海
寛
雪華太原
宸
大陸
維山
浪原
康
小寧

宸国武官制度概略（文林即位時点の帝都）※1

	省名	長官	職掌
（天子）十六衛	左・右衛	大将軍（正三品）※2	宮城内外の警備。
	左・右武威衛	同上	上に同じ。左右衛の補佐。小玉が現在配属されているところ。
	左・右鷹揚衛	同上	左右武威衛に同じ。地位は左右武威衛に次ぐ。小玉が沈中郎将の下で働いていたところ。
	左・右豹韜衛	同上	宮城の東面において左右衛の補佐。序列は左右鷹揚衛に次ぐ。
	左・右玉鈐衛	同上	宮城の西面において左右衛の補佐。序列は左右豹韜衛に次ぐ。小玉が最初に配属されたところ。
	左・右金吾衛	同上	宮中、都の警戒等。行幸・親征時には露払い等。
	左・右監門衛	同上	宮中内の警備、諸門の出入りの管理。
	左・右奉宸衛	同上	室内における皇帝の身辺警護。
禁軍	左・右羽林軍	大将軍（正三品）	皇帝直属の軍隊。小玉の皇后時代に左右龍武軍（後の神策軍）が増える。

※1　武官については皇太子を警護する「（東宮）十率府」もあるが、本表では割愛した。
※2　大将軍の上に「上将軍（従二品）」が置かれている時代もあったが、この時代では大将軍を頂点とする。

十六衛の各衛の構造

- 大将軍（正三品）　1名
- 将軍（従三品）　2名
- 中郎将（正四品下）　1名
- 左郎将（正五品上）　1名
- 右郎将（正五品上）　1名
- 長史（従六品上）　1名
- 参事（正八品上～下）　複数
- 校尉（正六品上）　5名
- 旅帥（従六品上）　10名
- 隊正（正七品上）　20名
- 副隊正（正七品下）　20名
- ※4

徴兵した者などを供給

直属の折衝府※3

※3　徴兵、訓練、動員を行う機関。各地に点在するが、現在は募兵のほうが盛んであるため、有名無実化しつつある。地方の折衝府は、ほぼ警備隊としてしか機能していない。
※4　他にも役職はあるが本図では割愛した。兵卒も同様である。

人物紹介（宸国）

《軍関係者》

関小玉（かんしょうぎょく）
兄の代わりに軍に入り、武官となった。貧農出身。

張明慧（ちょうめいけい）
小玉の部下にして親友。筋骨隆々としたおおらかな女性。

黄復卿（こうふくけい）
故人。小玉の部下で、あまり大したことのない理由で女装していた。

張泰（ちょうたい）
小玉の元部下で、軍属の文官だった。食えない人物だが、愛妻家。

周文林（しゅうぶんりん）
小玉の部下。高い事務能力を買われて、副官の役割を担う。先々帝の血を引く。

楊清喜（ようせいき）
小玉の従卒。復卿の恋人。公私問わず小玉に尽くしたいが、小玉には断られている。

王敏之（おうびんし）
故人。小玉の上官で将軍。小玉を高く評価していた。

米孝先（べいこうせん）
小玉の上官で、敏之の副官。大雑把な上官と部下に、頭を悩ませている。

沈賢恭（しんけんきょう）
武官として働く宦官。小玉の元上官。

王蘭英（おうらんえい）
武官で、小玉の年の離れた友人。後方支援に長けている。

蕭自実（しょうじじつ）
武官で、小玉の知己。復卿とは不仲だが、お互い礼儀正しく一線を引いている。

陳叔安（ちんしゅくあん）
武官で、小玉の元従卒仲間。友人である小玉のことを、妻と共に心配している。

李阿蓮（りあれん）
小玉の元同僚。退役して現在は食堂を経営している。年々子どもが増えている。

《小玉の血縁》

陳大花（ちんたいか）
故人。小玉の母。最期まで娘を案じていた。

関長（かんちょう）
故人。小玉の兄。一粒種の息子を遺し、事故で死亡。足が不自由。

陳三娘（ちんさんじょう）
故人。長の妻。小玉とは幼なじみであり、血縁上は従姉妹同士にあたる。

関丙（かんへい）
小玉の甥。長と三娘の息子。小玉に似ていると周囲はなんとなく思っているが、実際は小玉よりもはるかに繊細。

《皇族》

祥雯凰（しょうぶんおう）
先帝の嫡女。異母兄に排斥され、馮王家に嫁ぐ。かつて小玉が仕えていた。

棣（てい）
皇太子。栝の嫡男で、文林の又甥。泰の勧めにより、文林が接触をはかる。

今日、自分の部下が皇帝になった。

文武百官が立ち並ぶ中皇帝が現れた。つい先ほど即位したばかりの新帝だ。

小玉（しょうぎょく）は武官の立ち位置から感慨深げに眺めた。距離はやや離れている。小玉が将軍であるといっても、皇帝の近くにはまず高位の文官が並び、次に皇帝直属の部隊である北衙（ほくが）禁軍（きんぐん）の者たちが並ぶから。

もちろん護衛の話となれば、違うが。

遠目で見たとしても、知的さと嫣然（えんぜん）さを足して割らない顔は、整っていることがわかる。微笑（ほほえ）めば女より男も籠絡できそうな容姿であるが、彼がそのために笑ったことなど一度もないことを小玉はよく知っている。見た目を裏切って苛烈な性格をしていて、口も性格もそれなりに悪いということもよく知っている。

つい数か月前は、小玉がため込んだ仕事と一緒に向けられていた代物だ。

彼は自分と約十年軍人として共に働き、副官としてこき使ってもいた相手だった。だからまさか彼が皇帝の血を引き、あまつさえ即位するなどとは思いもしなかった。普通は思う訳がない。

むろん彼から自身の出自について語られたこともなかった。そのことについては騙（だま）されていたとか隠されていたなどとは思わない。

というより、もしかしたら言う機会がなかったのではないかと、今の小玉は好意的に解釈している。

なにせ皇帝の遺児といっても、何代か前の皇帝の十男か十一男なのだから、帝位との距離ははるかに遠い存在だ。とりたてて自分の血筋を吹聴するほどのものでもない。

本人でさえ自分が帝位につくとは思っていなかっただろう。だから素性を教えてもらっていないことについては本当にどうでもいい。

ただ多少迷惑を被ったのは確かだ。彼が即位することが決まったとき、周囲の人間が小玉に細かい事情を聞こうと集まってきたのだ。つまり周囲がそういう態度をとるほど、彼と小玉は親しい仲だった。

いずれ自分と彼は所帯を持つだろうと、小玉もなんとなく思っていた。相手もそう思っていた。冗談めかして語りあったこともある。

相手も同じ考えを持っていることをお互い漠然と理解していた。

もうありえない話だが。

確たる約束はなかったわけだし、仮にあったとしても自分と彼が今後結ばれることはおよそないだろう。小玉は自分に恥じることはおおむねないが、皇帝の妃になるには不足が多すぎる。

まず身分が違う。小玉はまがりなりにも将軍と呼ばれる身だが、生まれは決して良くはない。むしろ下層から数えたほうが早い。

間引きされなかったのが幸運なくらいの貧しい農家に生まれた彼女は、十六歳になるまで自分の名前を書くこともできなかった。今彼女がここにいるのは、なりゆきで徴兵に応じがむしゃらに働いたからだ。

そうやっているうちにすでに三十歳。すでに出産が難しい年齢だ。妃嬪の役目は皇統を絶やさないことである以上、それはあまりにも大きな問題だった。

だが……。

それ以上に、小玉が皇帝となった彼の妃になることを望まない。女にとって皇帝の妃嬪になることは大きな出世ともいえるが、それはあくまで皇帝の感情に依った地位だ。自分の働きで得た将軍という地位をそれと引き換えにしたくはなかった。彼に対する愛が足りないといえばそれまでの話だ。

だが、同僚である彼は愛せても、皇帝である彼は愛せないのかと言われれば半分正しく半分間違っていると答えるだろう。

皇帝である彼は愛せない。しかし、同僚である彼を愛していた訳でもない。ただ、隣にいることが誰よりもしっくりくる相手だった。おそらく同性同士であったら親友としていられた相手だった。

そんな彼だから、自分が妃嬪の地位を望まないことを誰よりもわかっている。小玉はそれを確信していた。

――だからあの時きっと、言わないでいてくれたんだわ。

小玉は少し、感謝している。即位前、最後に会ったときの文林に。

今日、小玉は将軍になった。

※

自室に入り、小玉は一つ息をついた。

──疲れたな。

頭ははっきりしているつもりであるが、それがあくまで「つもり」であることを、自分でもなんとなく理解している。

今日やったことなんて、将軍になるための儀式として、小さいはんこと紐を受けとって、しばらく施錠されていた将軍用の執務室の鍵を開けたくらいだ。

いつもやっていることよりも運動量は明らかに少ないが、いつもやっていることよりずっと疲れている感じがする。頭がくたびれている。

こういうとき、精神が肉体を凌駕するというのを実感する。

こういう日はへんに動かず早めに休んだほうがいい。それができなければ、いつもどおりに過ごしたほうがいい。小玉は経験上知っていた。

だから将軍の位を授かった小玉は、将軍でなかったときと同様に帰宅した。いつもどおり、家人——丙と清喜と老夫婦と食事を共にした。そしていつもどおり、丙からその日あったことの報告を聞き、彼を寝室に送りだした。特別なことをしなかった。

いつもと違ったことは、清喜の部屋で彼と一緒に、今日あったことを復卿の位牌に向かって報告したことぐらいだ。

そうやってから初めて、自分の内にある感慨に浸った。

将軍となった感動はない。

だが、感慨深くはあった。

寝台に腰掛け、先ほど受け取った印と綬を両手に持ち、眺めた。かつて王将軍が持ち……そして彼がけっこう粗雑に扱っていたものだ。

日々の言動において、なにかと王将軍のひそみにならっている小玉だったが、これに対しては王将軍のように粗雑に扱うつもりがなかった。

言うなればこれは、王将軍からの遺品のようなものだから。

綬のほうは新しいものであるけれど、それでも王将軍から引きついだ地位を証明するもの。印と比べて価値が低いとも思わなかった。

小玉の出自からすれば、今日彼女はとんでもない出世を極めたことになる。これより上に行くことは間違いなく、ない。

口から、独り言がこぼれおちた。

「女性が将校になるのなんて、めったになかったのにねえ……」

校はともかく、将はこれがほぼ初めてである。

ほぼというのは、妃嬪が兵を率いる際には、散官位という名誉職的な位を授かるのであるが、これが将軍位であった例はあるからだ。とはいえ妃嬪が兵を率いる例自体まれであるし、専業の女性武官としては間違いなく初めてのことだった。

とはいえ小玉のあと、軍で出世する女性は間違いなく増えた。現在、校尉くらいの地位にはかなり女性がいる。だから今後、女性の将官ももっと増えるだろう。

明慧なんか、本人の希望がないからそうなっていないだけで、本人が乗り気になれば即日なれそうな気すらしている小玉である。なんなら小玉の位と差し替えても、業務はつつがなく回るだろう。

位の差し替えなんてものをほいほいやったら、王将軍ですら怒るだろうが、小玉と明慧間のことに関してだけいえば、面白そうに許可してくれそうな気がする。

きっとこんなことを言うはず。

――え、張ついにその気になったの？　いいじゃんいいじゃん、上官・張、部下・関の組みあわせか。仲よくやれよ～。

「んっふふ」

なんだか本当に王将軍の声が聞こえたような気がして、小玉はちょっと笑った。

もっとも、比率が変わったからといって、この業界内で女性に対する評価が特に高くなっているわけではない。現況は、女性側の意識の変化によるものではある。

すなわち、結婚までの腰掛けではなく、結婚をせずに生計を立てる場として軍に長くいる者が増えたのだ。

これは、女性にとって軍が素晴らしい場所になったわけではない。結婚が遠のいて相手を探すために軍に入るのではなく、結婚を決定的に諦めて軍に入る……そんな女性が増えたのだ。

つまり、昔より明らかに「訳あり」の女性ばかりが軍に入っている。

いいことではない、多分。

かといって、昔の状態がよかったのかといえば、そうでもない。特に自分で兵を率いる立場になると、腰掛け女性兵の扱いにくさがわかる。

よく、わかる。

悪い人たちじゃないんだが、個人の性格のよさと人材としての扱いやすさが直結するとはかぎらない。あの人たちにやらせるとしたら、本当に後宮周囲の哨戒をさせるくらいしか思いつかないから……。

もちろん哨戒が無意味な仕事ではないということは、わかっている。かつてその立場だった小玉は、脱走する妃嬪と間男を発見したこともあるから。

昔はああだった、とよく振りかえるのは年寄りのやることらしい。

時間が経てば物事はゆっくりでも確実に変化するもので、その変化と共に生きている者は、ふだんは意識していないのにある日ふと軽い驚きに見舞われる。頻繁にそういうことが起こる人のことを、悪く言えば「年寄り」という。

小玉は「年寄り」の領域を、つま先でつつきはじめているところだった。

今や小玉は、人生の約半分を軍で過ごした。人の入れかわりが激しい業界であることを加味しても、「以前はああだったよ」と言われて「へえ」と返す立場ではなく、言って「へえ」と返される立場である。

そして、孫が生まれてもおかしくない年齢に、もうすぐなる。

小玉は天井を仰ぐように顔をあげ、ぎゅっと目をつぶった。

——孫かあ……。

これはこれで感慨深い事実である。さっきと違って口から独り言が出ないくらい、重い事実……。

そして、今日の将軍位拝命で、ただでさえ遠のきに遠のいていた結婚の可能性が、もはや……。

今にして思えば、過去の恋人である去塵のことを、すがりついてでも引きとめればよかったと、小玉は激しく後悔している。彼ならば丙がくっついてきても平然と受けいれてくれた可能性が高いし、仮に小玉だけ戦死しても丙をいきなり放りだすような人間ではなかった。

なんせ（交際していたときは知らなかったとはいえ）あの清喜の実兄であり、しかもあの彼に慕われていた存在である。器の大きさは申しぶんないし、なんならその器に豪華な飾りのついた持ち手とか、立派な蓋とかまでついているくらいだ。

なにより小玉も、彼のことをちゃんと好きだったし、別れずにいたら、絶対に今も好きに違いないという確信がある。

求む、男運。

そんな、小玉自身にも他の人間にもどうしようもない問題で、小玉の感慨が塗りつぶされていきそうになったところで、部屋の外でなにかが近づいてくる気配がした。敵とかではない。

「おばちゃん、おれおねしょしたあ～」

寝ぼけ気味なのか丙の声はふわふわしている。それを聞いた小玉は、かっと目を開けて立ちあがった。

「はいはいはいはい、今行くね」

小玉は、印と綬を枕元に急いで置いた。

小玉の出征をきっかけに再発した丙の夜尿症は、ほぼおさまりかけているが、今もこうやってたまに起こる。

小玉の部屋の入り口で着替えを持って立つ丙の前に小玉はしゃがみ込んで眠そうな顔を覗きこむ。

「まだ出そう？　厠一緒に行くかい？」

厠。夜中。寝ぼけた子ども。

一人で行かせたら、間違いなく落ちて死ぬ条件が揃っているので、大人がついていく必要がある。

「んん～、もう出ない」

首を横に振る丙の頭に、小玉は手を置いた。

「そう、じゃあ服と布団はおばちゃんが水に浸しといてあげるから、あんたはおばちゃんのところで寝てなさい」

自分で汚したものは自分で洗わせることにしているが、それはそれとして予洗いとか浸けおきくらいは、やってやることにしている。放っておくと汚れが落ちないし臭いから。

丙は「はあい」と間延びした返事をして、小玉の部屋に入ってくる。

もぞもぞ着替えると布団に潜りこんで、一つあくびをするとそのまま寝つく……ことはなく、小玉に呼びかけた。

「ねえ、おばちゃん」

「なに？」

彼はなにやら誇らしげに言った。

「おれ、おねしょ……昔だったら、たぶん気づかないで朝までねてたね」

丙は自身の中で、なにかしらの成長を感得したらしい。おねしょしたわりに特に落ちこんでもいないのはそのせいか。

「んっふ」

小玉は噴きだすのを抑えようとして変な声を出してしまった。彼の言う「昔」というのは、いいとここ数か月のことなのだが、なかなかこまっしゃくれたことをいいおる。

どうやら小玉は、思いちがいをしていたらしい。年寄りじゃなくても、昔はああだったと振りかえることはある。

ということは、逆説的に小玉も別に年寄りじゃないということになる気がする。そういうことにしよう。


丙が脱いだ服と、それから丙の部屋の布団を持って外に向かう。清喜の部屋の辺りに差しかかったところで、扉が開いて清喜が顔を覗かせた。

「あれ、まだ起きてたの」

「はい。丙くんおねしょですか」

「そうそう」

「あれ～……気づかなくてすみませんねえ」

あんたが謝るようなことじゃない、と言いかけて、小玉は彼が酒気を帯びていることに気づいた。これはなかなか珍しい。誰かに杯を勧められたら涼しい顔でかぱかぱ呑みつづける男であるが、自発的に呑もうとするのを小玉はめったに見たことがない。味が好きではないんだとか。

小玉の昇進に対して、彼も何かしらの感慨があるのだろう。もしかしたら「めでたい」とすら思っているのかもしれない。もしかしたら復卿の位牌相手に、酒を酌みかわしていたのかも。

仮にそうだとしても、小玉にその祝意を向けないことを、小玉はよかったと思っている。だから清喜の本意を確認するつもりは、小玉になかった。

小玉の昇進は、王将軍の死によってもたらされたものだ。

だから小玉は、感慨はあってもめでたいとは思っていない。そして自分に直接声をかける関係性の人間に、そういった者が少ないということは、小玉にとって喜ばしいものであった。

痛みを分かちあえる人間、または王将軍か小玉に気をつかえる人間と友誼を結ぶことができたということだから。

皆無、といえないのは残念であったが。

たいていは「これから頑張れ」だとか、「王将軍の後継として名を汚さぬように」という激励を投げかけてくる。これは五十点から八十点。

明慧なんかはほぼ百点満点の声かけで、「王将軍の名に恥じないよう、一緒に頑張ろう」

と言って、小玉の肩をすぱん！　と叩(たた)いてきた。

かろうじて満点じゃないのは、肩を叩いた力のあまりの強さが減点要素になったからである。

これ、笑いごとじゃない。めちゃくちゃ痛かった。久々に明慧に肩を外されたかと、小玉は思った。

今やほほえましいと言えなくもない過去であるが、十代のころの明慧は教え手としては力加減がだいぶ下手であった。そのあおりをまともにくらったのは、明慧にとっての最初の教え子である小玉だ。

小玉が慌てずに自分で肩の関節をはめる技術を身につけられるようになったのは、職業柄たぶん自慢できることである。

小玉の尊い犠牲あってか、現在の明慧は指導者としても呼び声が高い。新兵をしごく彼女を見ると、小玉は時々「あやつはわしが育てたのじゃ……」と、心の中で謎の師範が自慢げに語っている気になる。

ところで師範っていうと、やけに髪と髭(ひげ)が長くて真っ白な爺(じい)さんが真っ先に思い浮かぶのはなんでだろう。

それこそ小玉にとっての師範は、明慧なんだが。

※

翌朝。

「おはようございます。あっ、この度は、おめでとうございます！」

昨晩汚した寝具をわっしわっしと洗う丙の姿に見送られて出勤した小玉は、しょっぱなから祝意を述べられてしまっていた。

「ん、ありがとう」

小玉もいい大人だから、こんな感じで言われたくらいで、王将軍が云々（うんぬん）なんて目くじらを立てたりしない。

しかもこんなふうに、階級の低い兵卒から出会い頭に……という状況、個人的な感情としても「まあ、しょうがないね」とは思う。

だって相手、明らかにこんな思考を辿（たど）っていたのだもの。

一、あっ、上官に会っちゃった！

二、ご挨拶しなきゃ！
三、そういえば、昨日昇進した方だ！
四、「おはようございます。あっ、この度は、おめでとうございます！」
責められん、これは。

最近の若いもんは……なんて言い草もできない。小玉がまだ年寄りじゃないとかいうのとは別の問題で、我が身を引きあいにしてたとしても、兵卒のころの小玉なんて賢恭（けんきょう）に「お手紙読んでください！」とかやらかしてたんだから、それに比べれば、きちんと相手を考えて発言しているとすら言える。

「あ閣下、そこ右じゃないです」

清喜に言われ、小玉は曲がりかけた足をくいっと元に戻した。そうだ、昨日から執務室が変わったんだった。

「一日やそこらじゃ慣れないね」

「そりゃあ、なにも考えないで歩くとそうなりますよね」

「うん……んん？」

唐突に手厳しくなった清喜を、小玉は二度見した。

「なんか今、いきなり切れ味鋭くなった？」

「え、そうですか？　すみません、なにも考えないでしゃべっちゃいました。でも、なにも考えないと道に迷う上司と一緒にいると釣りあいがとれますよ、きっと」

聞き間違いかと思ったらそうでもなく、清喜は手厳しいままだ。

刃物のような切れ味をとおりこして、鉈を振りおろされたような気持ちになる。

「あんた文林でも感染した？」

「あの方って概念自体が風邪かなんかなんですか？」

小玉は鼻で笑った。

「あいつが病気だったら、風邪なんてかわいいもんじゃないよ」

「そうは言ってもですね、風邪だってかかったら辛いもんですよ」

「まあ、普通に死ぬしね。だから文林はもっと致死率が高いってことよ」

「そう来ますか」

清喜があははと笑う。

文林がいなかったことは、文林にとってではなく、二人にとって幸せなことだった。いたらぎちぎちに締めあげられたはずだ。

「どうしました？」

今ごろ彼は小玉より先に出勤して、小玉と違って迷わず執務室に向かい、そして昨日運びこんだ荷物を整理しているはずだったから、小玉の暴言は清喜が暴露しないかぎり発覚しない。そして清喜は、うかつさで情報を漏らすことはない男だった。

面白がって漏らす可能性は大いにあるが、もしこの件で清喜に裏切られたら、小玉は「こいつも笑ってました」と告げ口して、道連れにする所存だった。

「おはよう」と小玉が口を開くと、返ってきたのは簫自実（しょうじじつ）の声だけだった。あと、ちょっと後ろからの清喜の「おはようございます」の声。

「あら……」

小玉はぐるっと部屋の中を見回した。広い部屋は人が少ないと、閑散とした印象があった。

少ないというか、自実しかいない。

「他は？」

少なくとも文林は先に来ているはずだったのだが。

「周（しゅう）くんは書類置く場所が足りないからって、どこかから棚もらいに行ってます。張さんはその手伝い」

「なるほど〜、巣作りは大事だね」

副官用の机の上にどん、どん、どん！　と大量に、そして几帳面（きちょうめん）に積まれている書類を見て、小玉は大いに納得した。確かに整理する場所が少ない。

先日までその机の主だった米（べい）中郎将は、真面目で正確な仕事ぶりで名をあげていたが、文林ほど文官じみたところはなく、物がないゆえに机がきれいといった感じの人であった。王将軍の周辺のほうがよほど物が多かったくらいだ。

そして物が多い王将軍は、収納のためになにかを準備することはあまりなく、「そこらに置く」もしくは「その上に積む」で済ませていた人だから、この部屋は収納についてそこまで充実していない。

そんな王将軍ですら持ちこんでいたなけなしの棚は、昨日の段階では小玉の机の横にあったはずなのだが……今は文林のところに移動されていた。もちろん、断りを受けた覚えはない。しかももう、書類が整然とおさまっていた。

　まあいい。有効活用してくれるなら、王将軍も喜ぶはず。

あと小玉の業務にも、きちんと還元されるはず。

文林は、整頓されているがゆえに机がきれいに見える……といった感じの人間で、持ち物の量自体は王将軍よりも多い。しかし小玉の記憶では、以前はむしろ、米中郎将よりの「物が少ない・きちんと整理されている」感じだった気がする。

きっと働いているうちに、どんどん忙しくなったせいだろう。たいへんだね……と小玉も周囲も思わない。端から見ると文林は、書類に囲まれている自分がとても好きといった様子を漂わせているからだ。

まったく、忙しくて困っちゃうな……という彼の雰囲気は、たまに小玉たちをちょっと苛立たせるが、そのたびに自分にこう言いきかせることにしている。

自己を出して仕事ができるのは、本人にとって幸せなこと。

しかもそれで、成果が出ているというのは、周囲にとっても幸せなこと。

「おはよう、小玉」

「すまない、遅くなった」

家具を担ぐ文林と、両脇に抱える明慧。二人が現れた。

「お、立派な戦利品ね……いや、ん!?　立派すぎるね、そっち！」

やけに大きいが古くて地味な感じのとか、小さいが妙に凝った細工のとか……文林たちの持ってきたものに統一感はまるでない。そして前者はともかく、後者は軍の「どこか」から手に入れられそうなものではなかった。小玉が「そっち」と示したのも、もちろん後者のほうだった。

こんなもの軍の予算で買ってたら、予算関係の部署がかんかんに怒るに違いない。この短時間でわざわざ買ったとも思えないが……。

「どこから来たのよこれ……」

「実家の倉庫と、たまたま会った班将軍から……」

なるほど、疑問が氷解した。

「あんた、あの人に気に入られてるもんねえ」

「『励めよ』と言われた」

ということは、文林に対する昇進祝いと見ていいのだろう。小玉が将軍になったのに伴い、実は文林も少しだけ位があがっていた。

文林に渡されたものであるが、仕事全般にかかわるものだから、会ったときに自分も礼を言わなきゃな、と小玉は思った。あるいは夫人に挨拶しにいくのにかこつけて、なにか土産でも持っていくのもいい。

それからなにより大事なことがある。

用度係に、念のため話をつけておかなくてはならぬ。

小玉はこれを心に刻み込んだ。私物の持ちこみはよほど度が過ぎていないかぎり禁止されていないので、多少派手であること自体には問題ない。だが班将軍からもらったこれを予算で買ったと思われたら、槍玉にあげられてしまう。もちろん疑いを晴らすのは容易だが、そもそも疑われないようにするべきだし、なによりそっちのほうがはるかに容易なのだから。

あそこの部署は、すべての武官が恐れる魔境の地なのだ。

文林は自分の机周りに家具を配置して、ふと表情を曇らせる。

「統一感がないな……」

それはしょうがない。でも小玉にとってはどうでもいい。

元々あった王将軍の棚なんて、彼の家で子どもたちが使っていたのがお払い箱になったのを持ってきたもので、全体的にこぢんまりとしている。今日文林が持ちこんだどの棚にも似てないから、よけいに統一感はない。

文林は難しい顔をしている。やはり気になってしまうらしい。

小玉でも気づくことに文林が気づいていないわけがないだろうし、もしかしたら小玉が気づいている以上のことも気づいているのかもしれない。意匠が古くさいだとか、素材が流行遅れだとか…そんな感じのこと。

「あ、文林、その王将軍のね、何回か壊れかけたの直し直し使ってたから、きちんと物詰めたらそのうち壊れるかもしれない。気をつけて」

修理部隊として、小玉はたまに駆りだされていた。そのせいで来歴も知っているのである。王将軍の子どもたち全員の手を渡った棚は、使い倒されてしまってあちこち限界がきている。しかもその子どもたちは皆成人しているのだから、彼らの手を離れたあとの経年劣化もそうとうなものである。

実際この棚、小玉の目の前でなんの前触れもなく棚板が外れかけたこともある。あのときは、冤罪をかけられた気分になった……。

文林は、どうかしてるとでもいいたげな顔になる。

「……亡くなった方のことをこう言うのは失礼だが、なぜあの方はきちんと収納できない収納道具を持ちこんでたんだ？」

「あんたと同じ理由じゃない？」

つまり必要なときに、たまたまそこにあったということ。

そしてそういうものほど、変える決め手がないまま、それをずるずる使うことが多い気がする。

ただこれについては、棚板が外れかけた時点を「変える決め手」にせず、ずるずる交換しなかった王将軍が大雑把すぎるので、そこをどうかしてると言われたら、本当にどうかしているねとしか言いようがない。

「さて、揃ったわね」

小玉は腹心たちに声をかける。

これから他の将官や尉官らが集まる前に、まずは彼らから。

「まったく考えてもいなかったけれど、こうして将軍になってしまった……なったからには、やるべきことはやる。そのぶん言いたいことも言っていく。あたしはそういうふうにやっていく」

頷く部下たちの顔を覗きこみながら、小玉は宣言した。

今日から、小玉の仕事が始まるのだ――。

――。

「まあ、初日は書類仕事なんですけどね」

やってきた将官と尉官たちと朝礼をし、そして訓練場に送りだすやいなや机にかじりつく小玉の後ろの小机に、清喜がお茶を置きながら言った。

なぜ小玉の横に置かないって？

小玉の前も横も書類が散乱しているから。

「ここ置いておきますね」

「ありがとう……」

小玉の声は、すでに精彩を欠いていた。やるべきことをやり終えたころには、言いたいことを言う力もなくなっている可能性が大である。

小玉ほどではないが、明慧も自実も明るいとはいいがたい雰囲気で机に向かっていた。ちま、ちま……あるいは、もく、もく……といった感じで。

文林のほうは、小玉でもわかるくらいのちぐはぐな雰囲気の家具にいささか不満げだったが、書類と向きあうとなにやらご満悦な雰囲気を漂わせはじめた。

その雰囲気を漂わせたまま、生き生きと書類を捌(さば)いている。

つくづく文官向きなんだなこいつ。小玉は適性というものについて、いささか思うところがあった。

「疲れちゃったな……」

小玉は露骨に「もうやめたい」宣言をしたが、誰も「やめていいよ」どころか、「休んでいいよ」とも言ってくれない。

せめてもの抵抗で、小玉は清喜が出してくれたお茶をことさらゆっくり飲んでから、ちま、ちま……と作業を再開した。

「お代わり用意しますね〜」

王将軍の死後、どうしたって書類は溜まっていく一方だった。

元部下やあるいは十六衛の他の部署の将軍らで、ある程度決裁していたとはいえ、それにも限界はあるからだ。というか代理がすべて仕事を済ませられるのならば、そもそもその地位は必要ないんである。

代理である程度決裁していた立場として、どれくらいの仕事が蓄積しているのか小玉は把握していた。

そして、将軍になったらそれを処理する覚悟を決めてもいた。

小玉が昨日、印綬を拝領するときみなぎらせていた緊張感の中には、この仕事の山に関する決意も含まれていた。

正直なところ。

しかもいささかならず。

「ああ〜終わらない〜終わらないよ〜いつ終わるの〜」

「当分先」

文林に言葉少なにしっかり断言された。

小玉は「おおう」とうめき声をあげる。

「……泣き言言うの、早すぎだよ」

自実が追い討ちをかけてくる。

文林がこれまで決して手放さなかった筆を、静かに置く。

それと同時に視界の隅で清喜が立ちあがり、「ぼくお手水行ってまいりま〜す」と、言葉づかいだけはお上品に退室した。

逃げたな……。

まあいい。奴のことだから、嘘はつくまい。尿意があるかどうかは別にしてちゃんと厠には行ってくるだろう。ついでに、手にした墨磨り用の水差しを見るに、小さな仕事を二つ三つ片づけてくるだろう。

できれば小玉だって逃げたい。

「この工事の始末のさ〜、これなんて王将軍しか書けないやつじゃ〜ん、しかも仕事した直後にしか！」

王将軍が戦死する直前に従事していた仕事の報告書である。当然、小玉が合流する前の話だ。

文林が近づいてくる。彼は小玉の周りに散らばっていた冊子のうちの一冊を、手にとって開きながら小玉に突き出した。

「大丈夫だ。米中郎将がちゃんと日誌をつけているから……これを見ろ」

「あっはい」

適当に開いたように見えて、一発で目当ての頁を当てた文林に、小玉は恐怖した。

そんな彼女に、文林はまったく頓着しない。

「はい特にここところ！」

と追い討ちのように指図して、とどめとばかりに小玉の硯（すずり）に補充用の墨をどばどば注いで、文林は離れていった。

「米中郎将、なんでついでに報告書も書いてくれなかったの〜!!」

「本当それ」

明慧が同調する。

せめて草稿でも用意してくれていたら。それにこれ、「将軍」じゃないと作れないやつじゃなくて、それこそ代理がなんとかできる類のものだ。

「確かに、あの人がそういう準備を怠るなんて珍しいな」

文林ですら同調してきた。

「もしかしてあたし、恨みでも買ってた？」

「それはあるかもしれないな」

そこは同調しないでよかった。


「あの、すみません……」

出て行ったはずの清喜が、入り口からぴょこんと顔を覗かせた。


「あれ、清喜早かったね」

いつも悪びれない清喜には珍しく、なにやら申しわけなさそうだ。

「米中郎将閣下がお見えです」

米中郎将も顔を覗かせてくる。

あ、これは……。

「えー、これはこれは、よくないところに……」

彼の顔に浮かんでるのは苦笑い。

「恨みはあるが、さすがにそこまで露骨な意趣返しはせんよ」

「あ、やっぱりお聞きになってましたか」

「言っときますけど、立ち聞きとかじゃなくて、廊下まで響いてましたからね」

清喜が追い討ちをかけてきた。

「いいか？」

米中郎将は特に怒った様子もなく、入室の許可を求めてきた。

「どうぞどうぞ」

彼を招き入れると、「お茶の用意してきますね」と言って清喜はまた出ていった。気のきくやつだ。ついでに厠にも行きなおしてくるといい。

米中郎将は部屋をぐるりと見回し、文林のところに置いてある棚に目をとめると眉をひそめた。

「その棚は……」

「王将軍のご遺族にお返ししたほうがよいでしょうか」

文林の問いに、米中郎将は首を横に振った。

「いや、ご遺族も困るはずだ。それからその棚は、色々な箇所がよく外れるから、正しい用法を守ると壊れる可能性が高いぞ」

「それも言いました」

「肝に銘じます」

　小玉と文林は口々に言った。

　清喜が持ってきた茶を勧めながら、小玉は微笑む。

「まだ帝都をお発ちになってなかったんですね。よかった、その前にご挨拶できたらと思っていました」

「まだ出ていかんよ。籍はまだ軍にあるからな。あとひと月はここにいる」

　脱走兵にはなりたくないからなと、彼には珍しい類の冗談を言われてしまった。

「そうは言いましても、いつお会い出来るかわからないので」

　今溜まっている仕事量からして、彼が出ていくか、小玉が会いにいけるか、手に汗握る攻防戦が繰りひろげられるところであった。

　しかし今ここで彼に会えたので、無用な戦いは避けることができたのだ。なんてすばらしい。

　あとは単純に、溜まった仕事に対して戦うだけである……。

「今日はどのようなご用件で」

「閣下へのご挨拶に」

米中郎将は、す……と姿勢を正した。

それを見て、小玉も背筋を伸ばした。

「この度は、おめでとうございます」

「…………」

小玉は声を失った。

彼に失望したわけではない。あえて小玉に祝意を述べた彼の意図をはかりかねたからだった。ただ、重いなにかを感じはした。

王将軍にもっとも近かったこの人が、なにも考えずにこんなことを言うわけがなかった。

「ありがとうございます……と、返すには、いささか」

言葉を選びつつ、相手の様子をうかがう。

彼は首を横にふる。

「祝われるべきことだ。王閣下もそうおっしゃるはずだ」

「……はい」

「今ごろ、お前の家に祝いの品が届いているはずだ」

「そんな、いただけません……」

「私だけのではない。王閣下の夫人や、沈閣下からもお預かりしておる」

「奥さまと、閣下が……」

「目録も一緒に届けているが、内容も伝えておく。夫人からはよい寝具一式だ。激務ゆえ、よい睡眠をとるようにと」

「あの方らしいお心づかいです」

「沈閣下からは、今いい馬がいるそうだからと、馬具を。特に鞍はたいへん立派だったから、期待するとよい」

「確認しだい、きちんとお礼をします。それにしても沈閣下、この前お会いしたときに、ついでにお渡しいただいてもよかったのに」

「お前が謝絶するとでもお思いになったのだろう」

賢恭はもうすでに配属地に戻っている。当然、昨日小玉が将軍位を拝命したところにも立ちあっていなかった。

大がかりな儀式の際は文武百官が集まる。それはたいへん壮観な様だ。

……といっても、文字どおり国中の官吏が、宮城の一箇所に集結するわけではない。そんなことをしたら政治も軍事も回らないし、そもそもそれほどの人数を収容できる場所も、さすがにない。

特に、地方に配属されている者はそうだ。全国の官吏を集めたら治安の維持もままならないし、儀式の最中で出払っていたから他国に攻めこまれました……なんて、笑い話にもならない。

地方配属者でも帝都の警備のために戻らされることもあるが。ずっと前の大葬のときの賢恭は、まさにそうだった。あれくらいの規模のときは、よほど逼迫した状況でもないかぎり、信頼できる代理を立てて司令官が帝都に戻る。

このへん、さじ加減は難しい。

王将軍の葬儀や、小玉の叙位のように、重要であっても皇族が絡むようなことでもなく、むしろ軍部で動きがある行事は、他国を刺激する可能性が高い。そういうときは司令官が現場に残る。特に国境警備の者――つまり賢恭とか。

長年の友人を見送る場だ、きっと行きたかっただろう。それでも賢恭が、王将軍の葬儀には参列しなかったのは、そういう理由だ。

儀式と儀式の合間を縫って弔問のみに留め、小玉に面会し、そして米中郎将に祝いの品を託した。

小玉は少しだけ、自分を恥じた。

実をいうと昨日、賢恭に見守ってもらいたかった自分がいたのを、小玉は感じていたからだ。けれども彼は、職務に障りがないように計らいながら、自分の友誼を大事にしつつ、過去の部下への気づかいも欠かさなかった。

やり方があまりにも見事で、一回失恋した相手でなかったら、恋しちゃっていたかもしれない。

今回の賢恭のような動きの制限は、それほど珍しいことでもない。彼ほど上手くあしらえるかは別として。

帝都の文官武官が儀礼で拘束されるわけだから、地方配属の者は動きが制限されるし、場合によってはあおりを食らって忙しく働くことになる。

ずるい、と言われるようなことでもない。なぜなら帝都の者は帝都の者で、事が落ち着いたら、溜まりに溜まった仕事を一気に片付けねばならないからだ。

それはまさに、地獄の様相。

今、小玉が見舞われているような……。

「それから」

目前の仕事を思い、暗澹たる思いが復活した小玉に、米中郎将が重々しく声をかけた。

「はい」

「今日は私が来た用件はもう一つ。手伝いだ。もちろんお前が今さっき泣き言を垂れていた報告書を含めて」

「ありがとうございますっ。たいへんいいところでお見えになって！」

これについては小玉のみならず、文林、明慧、自実全員が感謝の意を唱和したのだった。即座に。

※

「ほう……さすがあのお方、いい趣味してやがる」

宮城の厩番・孫老人が、好敵手を見つけたみたいな顔をしている。張りあわれるとなんか嫌だなと、隣に立つ小玉は思っている。

彼の目の先には、人を乗せずに走る白夫人。そして、その馬具。

賢恭がくれたものである。

さすがいい趣味……と、文林も手放しで褒めるものであった。小玉にとっても使いやすいし、なにより一番大事な条件を満たしていた。

白夫人が嫌がらない。

これ。これがなにより大事。

白夫人の気性の激しさだと、嫌がる馬具を無理に使わせると、小玉相手でも振りおとされかねない。お互い導かれるように出会ったからといって、相手の好意に甘えていたら、関係はあっという間に転落する。文字どおり、地面に……面白くないか。

あと単純に、小玉だって白夫人の嫌がることはしたくない。

気に入ることまでは期待していない。白夫人、基本的に馬具が嫌いだから。

小玉はいつも白夫人に、馬具を「着けていただいている」し、「乗せていただいている」立場なのである。

小玉がたまに裸馬の状態で乗ってやると、彼女はたいそう喜ぶ。子どものころ山羊とかに跨がって遊んでいた経験が、ここで生きているなあと小玉は感慨ぶかく思っているので、丙にもできるだけ遊びを大事にしてほしいと思っている。将来どう生きるかわからないものだから。

ところで、小玉の昇進がほぼ確実視された段階で、かなりうるさく付きまとっていたのはこの孫老人だった。

仮にも将軍の馬になるんだから、白夫人にいい馬具を！　と熱く語ってくるのだ。

このじーさん単に、白夫人を飾り立てる口実を見つけただけだろと小玉は思ったが、放っといたら彼はそのうち自費で白夫人に色々買ってやりかねない勢いだったので、無視できなかった。

小玉もほどほどに図々しいので、以前だったら多少は受けとっていたかもしれない。だが、今や小玉も立場ある身。きちんとした理由をつけてならともかく、馬への愛で贈られる物を受けとったらあらぬ疑いをかけられかねない。

馬への愛は孫老人にとっては「きちんとした理由」なのだが、余人にとってはそうではないのだと思うと、小玉もちょっと悲しい気持ちになる。それはそれとして収賄疑惑は避けたかった。だから彼の暴走を防ぐという点でも、賢恭からの贈り物は小玉にとってたいへんありがたいものだった。

実をいうと、孫老人がぐいぐい来るおかげで、腐肉にたかる蠅のような有象無象を押さえこめたので、その礼も兼ねて白夫人になにか還元しようかと思っていたが、その手間がはぶけた点もありがたい。

孫老人を体よく利用したとは言わないでほしい。誰かが割りこもうとすると、小玉がなにか言う前に、孫老人が唾をたっぷり飛ばして非難するのだから、それはもう人の話の邪魔をしちゃいけないよね、としか言えない。

それにしても白夫人……居るだけで男、しかも別種族に貢がせかねないあたり、たいへん罪な女である。

「ところでそろそろ……白夫人の、こう……これをさ、選ばんかね？」

「これ、とは……」

指示語で言われてもよくわからん。仕草もよくわからん。

一緒にいる文林のほうをちらと見るが、彼も軽く肩をすくめているので、わかっていないらしい。今日の彼は、武威衛所有の馬である丁と戊を走らせに来ている。なお、かつていた甲と乙は、数年前に旅だっている。

「あ、白夫人の新しい好物探す？」

孫老人は小玉がなにも察していないことを理解したようで、一つ頷くときっぱり言った。

「種馬だよ！」

なるほど、ずいぶんぼかした言い方をするなと思っていたら、そういうことか。

文林が「んんっ！」と咳払いをした。気持ちはわかる。ずいぶんと極端から極端に振りきれるお人である。もう一歩手前の表現もできただろうに。

さすがに小玉は、ここまで露骨な言い方をしなくても自分が察せた気がするが、相手が自分がわかりやすいように工夫してくれたことに対しては感謝する。

「やっぱな……白夫人ほどのいい馬の血は、この先も遺しておきたいんだよ。俺からだとなに言っても聞かないんだけど、お前さんならな……」

やり手ばばあみたいな顔をして、やり手ばばあみたいなことを語る孫老人。

小玉はやり手ばばあのことに、そこまで精通しているわけではないけれど、多分こんな感じなんだろう。

「まあ、それはほら……お互いの……というか、白夫人の意向が絶対だから」

実際、白夫人じゃなくてもそう。牝馬は気に入らない牡馬のことを、平気で蹴飛ばすものだから。

我ながら脈のある返事をしなかったと小玉は思うのだが、孫老人はたいへん前向きにとらえたようだった。

「おうよ！　いい感じのをいま連れてくるから待っててくれ！」

孫老人は踵（きびす）を返した。ふだん体力勝負の仕事をしているとはいえ、よほどの喜びが彼に力を与えたのか、年齢を感じさせない軽やかさで駆けていった。

「話が早いな〜」

「ああいう人材、うちに来ないかな……」

「文林、多分馬（ば）……孫さんはね、馬関係についてだけ色々話が早い人だから、仕事全般にあれ期待しちゃ駄目だよ」

小玉個人は孫老人のことがだいぶ好きだが、部下という名の舎弟たちがなにかと苦労している話も聞いてはいる。

なおどうでもいいが、小玉は最近孫老人のことを「馬さん」と呼びそうになる。実際「馬」という姓はあるし、わりとありふれているので、なおさら。なので対策として、本人の前では、名前を使わない呼びかけをするようにしていた。

失礼だから……というまっとうな理由ではない。あの人「馬さん」って呼びかけたとしても怒るどころか喜ぶ可能性のほうが高いが、「なんで俺は馬って名字じゃないんだ！」と、悔しがられる可能性もある。そうなったらかわいそうなので……。

「そういえば文林、あんた顔ずいぶんよくなったね」

「ああ……」

文林は顔を軽くしかめた。

実をいうとここ数日というか、小玉が将軍位を拝命した直後から、文林はなんでか片頰を腫らしている。今はだいぶましになったものの。

もちろん小玉は「どうしたのそれ」と聞いた。

彼はなにも言わなかったが、その目線は明慧に向いていた。

小玉も無言のまま、明慧に目を向けた。

明慧も無言でにっかり笑い、なにも言わなかった。

付きあいが長いと、妙なところが無言で通じあってしまう。明慧から文林に対して、なにかしら教育的指導が入ったのだと、小玉は理解した。

明慧ももう衝動で動く年ごろではないので、こんなふうに露骨に手を出すほど彼女を怒らせるなんて、なにをしたんだ……。

とは思ったものの、二人がなにも言わなかったので、小玉も追及せず、「私闘は禁止だからね」と、刺す必要もないであろう釘を刺すにとどめた。

「あのときは……首が左方向に一回転するかと思った」

「よかったね。昔の明慧だったら、手加減できずに二回転くらいさせてたと思うよ」

実際、明慧の「教育的指導」を頰に受けて、奥歯の一つも欠けさせていないということは、きちんと手加減されたということだ。でなければ今ごろ文林の頬は腫れが引くどころではなかっただろう。

「でも右の頬を打って二回転させたら、左の頬を打って二回転くらいさせて元に戻してくれるかも。明慧優しいから、んはは」

自分で言ったことに自分で大笑いする小玉に、文林は眉をひそめる。

「それ優しいって言うのか？」

——うーん、突っ込まれるんだったら「いやそれちぎれるんですわ」とかのほうが楽しいなー。

多分清喜あたりだったら言いそうな気がする。文林と清喜だったら、突っ込みの方向性は清喜のほうが小玉の好みである。

小玉はその事実を、清喜本人には伝えていない。

いくら清喜でも困惑するかもしれないから、そんなのいたたまれない。逆に調子に乗ったとしても、こんな調子の乗せ方は正直どうかしてるから。

「実は納得できていない。いや、納得できなくなってな」

「あれ、今話すの？」

先日小玉が聞いたときは、なにも言わなかったのにどういう心境の変化だか。

「実はあの後祝いの席を用意しようと思っていたんだが、明慧が断固として止めてきてな……形式的な付きあいの人間からの祝いならともかく、自分たちくらいお前に近い人間から祝われるのはお前にとって苦になるからと。人の気持ちを理解しろ、できるよう心がけろと」

「正直ね……明慧の言うとおりだとしか言えんね。あんた人の気持ちがわかってないね……」

「だが、米中郎将からの祝いの言葉については、お前も明慧も特に堪えた様子がなかった。なぜだ？　彼もお前に近い人間だろ。それともあれは、相手の立場を考えての、上辺の態度か？」

「それはねえ……」

正直、小玉はこう思った。

――それ、あたしが説明しなきゃ駄目か？

いい年した部下の情操教育までは、小玉の仕事の範囲ではない。小玉本人にそのあたりの事情と疑問を言ってしまうあたりが、本当にこいつわかっていない。

要は、さすがに小玉もかちんと来た。

「あんたはあたしに近いけど、王将軍とはそんな接点はないでしょ。でもあの方はあたしに近い人間ではあるけれど、それよりも王将軍に近い人間からの言葉だから、感じ方が違うんだよ」

それでも答えてやったのは、小玉が仕事の範囲外でも文林にたいへんお世話になっているからだった。

家用意してもらったりとか。

住みこみの老夫婦紹介してもらったりとか。

丙の勉強見てもらったりとか。

こうやって列挙すると、文林に個人的な問題でたいへんお世話になっているのがよくわかる。それを思えばこれくらいのこと、答えるのはなんでもない。むしろこれくらい返しとけって気持ちになる。

なにより疑問を口に出すということは、明慧の「できるよう心がけろ」という言葉を受けてのものだと思えば、彼なりに自分を変えようとしているわけだから、協力するのはやぶさかではない。

聞く相手は、もうちょっと考えてほしいと思ったけれど……。

せめてもの慈悲だ、明慧には言わないでおいてやろうと思った。今度は彼の首が右方向に三回転くらいしてしまうかもしれないし、左方向に三回転戻してもらえないかもしれないから。

「文林さあ……」

小玉は、こいつの新たな欠点を発見してしまったな……と思った。これまで知らなかった一面に触れることができたことについて、特に喜びはない。

「なんだ」

話は急に変わるんだが、この度班将軍の息子が無事武科挙（ぶかきょ）に受かった。班将軍と違い、いきなり禁軍に入るのではなく、一度十六衛で経験を積ませたい、ついてはそちらで……という話が小玉に持ちかけられていた。

それは小玉の実力が見込まれたからではなく、武科挙に受かってすぐ十六衛に来た先例が、小玉のところにいるからである。

まあその先例こと文林は経験云々（うんぬん）が理由じゃなく、風紀紊乱（びんらん）を惹起（じゃっき）しかねないという理由で十六衛に来たんだが、先例は先例なので。

「今度、一対一で教育係の話来てるんだわ。正直あんたがつきっきりだとこっちの仕事が回んないから断ろうと思ってたけど、受けるからそのつもりでね」

文林は酒と思ったら酢を直吞みさせられたみたいな顔のしかめ方をした。

「なんで今その話になった？」

「人を育てることで、自分の中も育てなさいってことよ」

――育つといいね……。

言っといて自信はない。でも人材的にはきっと一人育つはずなので、損はないはずだった。そっちも潰れないでほしいと切に願ってる。

「連れてきたぞ！」

孫老人と苦労している舎弟たちが、牡馬の群れを連れて現れた。

「おーう」

小玉はひゅう、と口笛を吹いた。

「これはまた～、いい男ばかり集めて」

「そうだろうそうだろう。どれか一頭でもいいから、白夫人の好みにあうといいんだが……」

「どうぞ始めてください。こっちは見守ってるんで」

勝手にやってくれ、ともいう。

白夫人のお見合いは、案の定失敗に終わった。

小玉は胸を痛めていたりとか、孫老人の涙を気の毒に思ったりはしなかったが、そっと手巾（しゅきん）を差しだす優しさは持っていた。

※

数日後、声をかけてきたのは簫自実であった。

「白夫人のお見合いがあったんだって？」

「うん、そうだけど……なんか問題でもあった？」

「いや、次の機会があるようだったら、私にも声をかけてくれないか？」

「そりゃまたなんで」

彼がそこまで馬好きだと聞いたことはない。

というかこの男、好みというものがものすごくわかりにくい人間である。好みそのものがあるのかもよくわからない。生に執着していることで有名だが、かといってこの俗世にしがみつくなにかがあるという感じも薄い。

なので、籥自実といえば、話題に出ても「ああ、あの死にたくない君ね」の一言で終わってしまうのがほとんどである。もっと他にあるのに……。

上司である小玉ですら、聞かれてぱっと思いつかないけど。

「うちの馬も一頭、そろそろ繁殖を考えたくて」

「なるほどねえ」

納得した。自実は馬も戦のための道具として考えていて、自分の生存率を上げるための調整や向上には余念がない。その一環としての発言と考えれば、彼らしい問いであったともいえる。

「引退させるにはまだ若いといえば若いんだけれど、もう少し年がいったら、今度は仔を孕みにくくなりそうだからね。今のうちにと思って」

「うん……そうだね……」

微妙な年齢の独身女性に向かって、まったく言葉を選ばない自実を前に、小玉は「こういうやつ、こういうやつ」と自分に言いきかせた。

仕事に熱心に取りくむにあたっても、聞こえのいい言葉で自分の評価を上げるようなことはせず、「死にたくないから」「楽をしたいから」とのたまう男だ。これくらいは、普通の範囲。

「とはいえね、うちの馬のほうがあの馬さん……あ、違った、孫さんだったね」

こいつも孫老人の名前間違った。

ま、でも、正直なところ……、

「あ、わかる〜。やっぱ間違っちゃうよね〜」

なんて、小玉は同意してしまう。自分もやりかねない身、「やっちまったな！」とどやすことはできなかった。

ちょっと仲間見つけた気分にすらなっている。

「うん、あの孫氏のお眼鏡にかなう気はしないんだよね」

「あんたんとこのも、いい馬でしょ」

自実が苦笑する。

「白夫人のように、向こうから頭を下げて繁殖頼まれるほどじゃないよ」

宮城の馬の血統はかなりしっかり管理されていて、むやみやたらと外に出さないようにされている。万が一他国に流出されてしまったら、こちらの戦力の分析に使われてしまうからだ。あと、単純に皇帝の財産だからだ。

白夫人はあくまで小玉個人の馬であるので、本来こっちから繁殖の協力をお願いするものだ。もちろん将官くらいの馬とあらば融通は利くが、「将官がなんだ、こっちは皇帝陛下の馬だぞ！」と言われたら、黙って引きさがるしかない。

実際孫老人にそう言われた例を、小玉はいくつか知っている。あの人実はけっこう偉い人なんである。

賄賂の類もきかないから、適材適所という声はよく聞く。小玉もそう思う。

硬骨の士なんて評価を受けていることもある。馬のためになると確信できれば、生涯赤ちゃん言葉でしゃべることになっても喜んで受けいれてもおかしくないところを硬骨の士というなら、きっとそうなんだろう。

馬への愛が、彼の行動理念だということは間違いない。

「なんとか種掠めとれないかな……」

「そういうことを言うのはやめい」

倫理的にどうこうというより、自実の身の安全のために小玉はたしなめた。

孫老人が聞いていたら、月のない夜に背後から鉈で襲撃しかねない。

「そうだね、命大事に」

心からの忠告はよく聞く自実は、今回も素直に頷くと、文林に書類を提出して出ていった。

そう、文林はずっといた。

いたのに、なにも言わなかった。

小玉の責める目を直視せず、文林はふいと横を向いた。

「……俺は今、なにも聞いてない。だから、なにも言っていないんだ」

これは、人の心を理解していないのとはまたちょっと違う。

「ずっる……」

そう、単純にずるい。


小玉はその後書類仕事をのろのろと進めていた。文林への当てつけかといえば、それはない。能力の問題かといえば、それはちょっとある。それより、小玉は妙に気もそぞろになっていた。

自実の物言いと先日の白夫人の様相を併せて鑑みて、最近、世話焼きのおばさんたちからも声をかけられなくなっている自分に、小玉は気づいた。それでなんだか、しみじみとしてしまったのだ。

――ああ自分……本当に嫁き遅れたな。

虚しい。

周囲がばたばたと結婚していっている渦中にいるときは焦りがあったが、周囲がもう結婚しなくなったという状況になると、自分がまだ結婚していないということに、もう無理なんじゃないかなという思いがひしひしとする。

かといって、男を探すつもりはない自分は女として終わっているのだろうか。

いやそんなことはないと、反語でびしっと決めたいが、自分でも「そうかも」と思う。これってそれこそ終わっている。ところでこういう反語の反対の表現って、なんて言うんだろう、順語？

そんな自分は、三十手前になっている。

結婚の話どころか、交際の話さえ影も形もない状況である。だが、普段はそんなこと気にもしないのに、なぜこんなにも悩んでしまうのだろう。

白夫人の見合いが契機なのは間違いない。でも他に、

「欲求不満なのかなー」

「何に？」

文林に聞き返されて少し慌てる。しまった、声に出ていたらしい。

「運動不足なら、まず手の運動を済ませてから出ていけよ」

言うまでもなく、書類仕事を終わらせろということである。先ほどの負い目があるから

か、文林の物言いはいつもよりはまだ優しかった。

「はい……」

大人しく手を動かし始める小玉だったが、ふと気付いた。そうか、書類仕事嫌だから、今あたし現実逃避してたな、と。

それもそれで正しい。

とりあえず気になったことを尋ねる。

「文林、反語の反対の表現ってなんて言うの？」

「お前にしては珍しくきちんとした質問のように思えるが、まずちょっと頭を整理させてくれ。反語の反対の表現の名前？　どういう……」

多分、自分の説明の仕方が悪いんだろなと小玉は自覚している。そして、知的好奇心についての質問は真面目に考えてくれるのは、文林の数少ない長所である。

まあ、それはともかくとして、もうひとつ気付いたことがあるので、そっちについても聞くことにする。

「じゃあ、もっと質問の意図がわかりやすいこと聞くね。文林、あんたってそろそろ結婚しないの？」

周文林二十四歳。今がまさしく旬の男だった。

彼は小玉を一瞥して、「お前が真面目に考えてると思って、真面目に考えていた俺が馬鹿だった」と吐きすてた。

そして冷ややかに続ける。

「二つ目の質問に答える前に言っておく、お前はまず自分のことを片付けろよ」

「……あっはい」

今、ちょっと堪えた。

これはきっと仕事のことではない。小玉も最近「言外の意味」を理解する能力が伸びてきた。

「いい相手はいないのか？」

それでも彼は水を向けてくれる。一応話には乗るつもりらしかった。

「うん。なんか……結婚に夢見てるわけじゃないんだけど、最低条件を満たす相手が見つからない」

「その条件って？」

「丙」

「ああ……」

文林は納得したように頷いた。

小玉は現在、甥(おい)を引き取って育てている。もはや唯一の身内である彼を成人するまで見守ることが、小玉の使命だった。だが、そんなこぶつきの年増を損得抜きで相手にしてくれる男はいない。心当たりはあったとしても故人。しかも相手の生前に別れた男ときた……。

一方、丙がいるからこそ無理して結婚しなくてもいいやという気分にもなっている。決して彼を言い訳にしているつもりではないけれど。

「あと、今のところ、あんた以上にましな男がいなくてね」

ぶっ！

文林が噴いた。

「ちょっと待て、なんで俺」

「いやね、何さま？　みたいな発言これからするけど、結婚してもいいなって思える相手、今のところあんたくらいしかいないのよね。だから、基準はあんた」

実はもう一つくらい理由はある。

この前の「文林は人の心がわからぬ」事件で、こいつが結婚したら嫁がたいへんなんじゃないかと思ったのだ。

一般的に妻は夫に仕えるものとされているから、文林という夫のことをよくわからずに嫁いだ妻はさぞ苦労するぞ……と。

それなら仕事上では上の立場の小玉が結婚したら、わりといい感じに釣りあいがとれるんじゃないかと思った。文林のほうも小玉の欠点をよく理解しているし。

でもこれは口に出すとへそを曲げそうなので、黙っておく。今の段階で言うようなことでもない。

文林の顔が困惑に満ちた。珍しい表情だ。

「お前……俺のことが好きなのか？」

「いや、全然」

「じゃあ、なんで」

「なんかね、ここに……軍にいて、仕事するときあんたと一緒だとやりやすいのよ、とても。だから、あんたがいてくれるために、結婚って形式が必要なら、絶対結婚するだろうなって感じ」

実際には、むしろ逆に結婚しないほうがいいのだが。

文官同士でもよく聞く話だが、同じ部署からは引きはなされる。

だからこの話は本当に、仮定のものだ。

「お前……いや、想像はしていたが」

文林はなにやら愕然としていた。

あとそこで言葉を切らないでほしい。なに想像してたのあんた。

まあ、いい。

「でも、あんた個人に対して思うところもあるのよ。不満はもちろんあるけれど、尊敬って気持ちもあるのよ。別に恋愛じゃないけど、それだって結婚の条件としてはいいじゃない？」

「不満はあるのか」

「むしろ、ないなんてこと考えられる？」

「いや、俺もあるからな」

そうだろうな。

「……結婚してみるか？」

少し考えたあと、文林が言った言葉は飛躍しすぎだった。

「そんなお試しな感じでするようなことでもないでしょ。それに別に結婚したいわけじゃないんだって。大体あんたの今のお相手はどうなのよ」

「今は誰とも交際していない」

「あ、そう。好きな人もいないの？」

文林はなにやら遠い目をした。

「ふうん、いいけど。でも意識してないと、適齢期ってあっという間に過ぎるからね。あんたなら大丈夫だろうけどね」

「どうだろうな。まあ、いわゆる適齢期が過ぎてもまだ俺とおまえに相手がいなかったら、また声をかける」

「え、なんで?」

「結婚から縁遠くなったところで、結婚するのも面白いだろう」

不意に笑いがこみ上げてきた。相手を馬鹿にする笑いではない。それは心底楽しくて、心地よい時に出る笑いだった。

「あー……いいわ、それ。いいわね、本当に。じゃあ、お互い結婚から縁遠くなったら、結婚しましょうか。きっと楽しいわよ」

冗談めかして言ったが、割と本気だった。

「そうだな」

文林も肩を揺らしながら頷(うなず)いた。

ひとしきり笑いあってから、文林はふと真顔になった。

「……ただ、それまでは普通に花街には行くつもりだ。そこは断っておく」

聞いた小玉も真顔になった。

「別にいいし、他の人との交際も特に報告しなくていいんだけど、言わないほうがよかったんだよ、そういうこと」

だいなしである。

嗚呼(ああ)、文林には人の心がわからぬ。

※

小玉に宣言したのは嫉妬させるためとかいうようなまだるっこしい駆け引きのためではない。ただの報告であり、実際数日後の文林は花街へと足を踏みいれていた。

一口に花街といっても格がある。文林が向かったのはその中でも一等地といえる南曲(なんきょく)ではなく、それより格が落ちる北曲(ほくきょく)だった。

南曲と違い、荒(すさ)んだ空気をやけっぱちな明るさで隠そうとはしていない場所だ。淫靡(いんび)な空気の漂う建物、部屋、そして女……。慣れた様子で案内される文林もまた慣れた様子だった。

ここには何回も来ているから。

だが文林を出迎えた女は、文林の顔を見るなり、身にまとう退廃を一気に払拭させるように破顔した。

そんな顔をすると、彼女がまだ少女という年齢であることが、痛々しいくらいあらわになる。

「周の兄さん、こんばんは」

朗らかな挨拶に、文林も軽く微笑(ほほえ)んだ。

「ああ、間があいたが息災にしていたか」

「ええ。お酒にする？　お茶にする？」

文林は寝台の上にどっかりと座りこみ、「茶で」と答えた。

「俺に対しては元気？　とか聞かないのか？」

「弟たちから手紙も来ていたから、兄さんが元気だってこと、知ってるわ。疲れてはいるでしょうけど」

ふふと笑う少女——謝月枝(しゃげつし)とは、もう長い付きあいになる。そしてその付きあいの期間、二人の関係に色めいたものは、一切介在していなかった。

こんなにも、色欲に満ちた場で会っているというのに。

それでも、今のような気安い関係になったのは、文林にとっても意外なことだった。おそらく相手にとっても。

「わざわざ来てくれたのにごめんなさい。使えそうな情報は今仕入れていないのよ」

市場の売り子みたいなことを言って肩をすくめる月枝に、文林は苦笑して「それじゃない」と告げる。

「今な、お前の妹の嫁ぎ先を選んでいる」

「わあ！」

月枝は顔を輝かせた。

「いくつか候補があってな」

「兄さんが選んでくれるんだったら、どの方でも間違いないわ。それにどうせ最後にはあの子にも確認してくれるんでしょう？　それだったらあの子が選ぶ人がいちばんいいに決まってるもの」

「そうはいかんさ、一応聞け。お前の妹はお前の妹で、姉にあらかじめ話が通っているかを気にするはずだからな」

「はあい」

月枝はくすくすと笑った。

「それにお前も、小玉が将軍になったときの話を聞きたいだろう？」

「もちろん！　そのために来てくれたのね」

文林は小玉のことについて語り、月枝は目を輝かせて聞きいる。妓女は総じて聞き上手なものであるが、これはきっと演技ではなく、本心から興味を持っているからだろう。

月枝のこの態度が見せかけのものだとしたら、文林は自分の目をえぐってもいいとすら思っている。

月枝はほう、とため息をつく。

「素敵……ついにあの方、将軍にまで上りつめられたのね……」

そうだ、自分は小玉の昇進について、こういう反応を見たかったのだ。

文林はふと思った。

「お前は本人に会いたいと思わないのか？」

「ええっ、そんな……」

月枝はぽぽっと顔を赤らめて、身をよじらせる。

「会うなんて、そんな……見るだけでも、私、そうなったらどうなっちゃうかわからないわ……」

「なに馬鹿なことを言ってるんだ」

文林が月枝の耳たぶを軽くひねると、「やめてやめて」と言って、彼女はくすくすと笑った。

語り疲れたら、二人並んで寝台で休み、翌日にはさも事後のような気配を漂わせて見送り、見送られる。

利用し、利用されていることをお互いよくわかっている。文林は彼女の弟妹の面倒を見てやり、月枝は市井の情報を文林にもたらしている。最近これは、皇帝への情報源として重宝している。

けれども相手に利用価値がなくなっても、きっと自分は月枝のためにできるかぎりのことをしてやるだろう。

おそらく月枝も。

※

きゃああ、と黄色い声が馬球場に響く。馬上の小玉はそちらのほうに手を振った。どよめきと声援が小玉に届く。

「白夫人！　白夫人！　白夫人！」

とはいえ、声援の八割は（もしかしたら十割の可能性もあるが）小玉に向けられているものではなく、小玉の乗っている馬――白夫人に向けられたものだ。

多分彼ら、小玉に手を振られるより、白夫人に鼻息をかけられるほうがよっぽど嬉しかっただろう。むしろ小玉が手を振ったとき、「お前じゃない」と思いつつ、小玉への義理で声を張りあげてくれたのかもしれない。

「なんなんだ、あのうるさい連中は」

文林がうんざりした声を出す。

「むしろ……宮城でこんなことして、彼らが押しかけないわけないでしょ」

呼んでもないのに応援にかけつけたのは、孫老人と気の毒なはずの部下たちである。しかし部下たち、孫老人に強制されるでもなく、生き生きと応援している姿を見ると、気の毒さはだいぶ薄れてくる。

彼らはそうなるべくして、孫老人のもとに集結したんだなあと、小玉は腑に落ちる思いだった。

「仮に来なくても、お招きするつもりだったし」

「なぜ」

「観客いる状況、慣れてたほうがいいでしょ。うっかり『本番』で観てる人のほうに飛ばしたら目も当てられない」

「すみません……」

謝る青年。今小玉たちが集結しているのは、彼のため……というか、彼の母親のためである。

この青年、最近小玉のところにやってきて、文林が教育を担当している。たいへん素直ないい子である。今のところ文林に毒されることもなく、親御さんにたいへん愛されてきたんだなということが窺える。

で、その親御さんというのが班将軍と、皇族の出の琮夫人である。

前者はともかく後者は息子のことをたいへん心配しており、様子を見に行きたいと言い出した。

が、お相手は深窓の貴婦人。激しい練兵の様子を見せたら貧血を起こすかもしれないし、かといって文林にどやされながら書類整理をしている現場を見学してもらうというのも、ちょっと……。

　ということで、琮夫人が来るのに合わせて、馬球をすることになった。高貴なご婦人がたにも人気の運動だから、それを見て貧血を起こすことはまずあるまいという目論見による。

「すまない、ほどほどに『それらしい』現場を造ってくれないか」

　わざわざ小玉のところにまで来て、頭を下げた班将軍に小玉はいいですよ～と答えた。後で琮夫人のお兄様も挨拶に来てくれた。

　公私混同といえばそれまでのこと……に、実はならない。宮城の「公」は、基本的に皇族の都合の下に置かれるものなので、これぐらいは当然の範囲。

　小玉も馬球場の予約については適当な理由をつけるのではなく、堂々と書いた――琮夫人がご覧になるので。

　それでどこからも横やりは入らず、承認は下りる。

　以前、前を横切っただけで軍属の従卒の首が飛ぶこともあったのに比べれば、これぐらいは普通の範囲。特に理不尽な要求があるわけでもなく、しかも事前に申し出があるなんて、琮王家の方は良識ある……と小玉を含め誰もが思うくらい。

　そういう社会なのである。

で、本日は練習なのである。

班青年の後方、左右に小玉と文林がつき、馬を走らせる。小玉たちは補佐に徹し、主役を輝かせるのだ。

「はい文林！」

小玉が杖を振るい、自分より少し前にいる文林に球を送る。受け取った文林は、それを主役に……、

「待て、今なんか接待感あった！」

「接待感ってなんだ！」

見守っていた明慧の叱咤に、文林から抗議の声があがる。

小玉も明慧に同意する。

「後ろから見てもわかるよ。あんた全力って感じで打ってないもん！」

「そうそう、『自分でも球門に入れられるけど、あえてこいつに回す』って感じの打ち方！　露骨！」

文林をどやす女二人の声を聞きながら、「あえてこいつに回」された班青年が、肩身が狭そうな雰囲気で球門に球を打ちこんだ。

「ほら〜、彼にそんな態度とらせちゃだめよ！」

「それはお前らが野次飛ばしたから、萎縮したんだろ！」

「もっと主役を輝かせるのよ！」

「かがや……なんだそれ……そもそも俺の位置から全力で打ったら、球がすっぽ抜けてただろ」

小玉は鼻で笑う。

「馬鹿ね……明慧、見本見せるよ！」

「おう！」

明慧が馬を駆り、小玉たちのもとにやってくる。反対に男二人は明慧が待機していた場所に引っこむ。

明慧が先に走り出した。小玉は後を追う。

文林たちに言いきかせるため、声をはりあげる。

「いい！　球門に向かって打つように見せかけて……はいここであえて体勢を崩す！　事故っぽくね！」

馬上で小玉は、右側に体を倒した。

「決定打を諦めたけど、なんとか味方に回すって体……ていっ！」

かけ声とともに、明慧に向かって杖を振るう。それを受け取った明慧は、少し溜めを作ってから、一気に杖を振りぬいた。

この一打にすべてをかける……！　という祈りの籠もった感じ、すごく出ていた。

小玉は心の底からの賛辞を明慧に贈る。

「明慧、今輝いてたよ！」

「当たり前だよ！」

盛りあがる二人をよそに、文林と班青年は「ええ……」といった様子で、引いていた。

お互いの演出を讃えあい、小玉と明慧は、文林たちのもとに向かった。

「とまあ、こんな感じです」

お手本を示したつもりの小玉だったが、ここで聞き捨てならないことを言われた。

「お前たち、八百長得意だったりするのか？」

「なんてことというの！　技術に裏打ちされた、これは演出よ！」

小玉は抗議の声を上げ、明慧は無言。

「だいたいあんただって接待やったことはあるでしょ。一緒に酒飲んで、壺とか鑑賞して、詩作って……酒とか壺とかは、正直自分の好きなことやってるだけじゃないとか思ってるけど、詩とかは内容で相手よいしょすることとかあるんでしょ、よく知らないけど。これだって同じことよ」

「そんなこと思ってたのか……いやしかしやれと言われても、わざと体勢崩すことなんてできないぞ」

「じゃあ山羊にでも乗って練習する？　いくらでも体勢崩す練習できるわよ」

「あるのか？　山羊に乗ったこと……」

「あるよ。子どものとき」

とはいえ、小玉の脳裏には一つの心配があった。

――成人男性が山羊に乗ったら、山羊がかわいそうなのでは？

文林ではなく、山羊に対する心配。

「むしろお前がやればいいだろ、球回す役」

文林の言いぶんに、小玉はやれやれと首を横に振った。こいつはなにもわかっていない。

「あたしがやったら、いくら演出の完成度が高くても、将軍自らお膳立てした感じが出ちゃうでしょ！」

「わかった」

ここで明慧が声をあげた。

「当日はあたしが文林にぶつかることにしよう。そうしたら文林、わざとじゃなしに体勢を崩せるだろう」

「えっ」

文林の顔から血の気が引き、文林の横で申しわけなさそうに上官の会話を拝聴していた班青年が、ここで裏返った声をあげる。

「待ってください！　それこの方がすっ飛ぶんでは？」

「大げさな。悪くて落馬だよ」

「いや、落馬でも普通に死ぬが!?」

文林も焦りに焦っている。

「うるさい。自分でできないんなら、他人にやってもらうまでだよ。あたしがやってやるっていうんだ。黙って受けとめろ」

あ、実は明慧も怒ってたんだなと思いながらも、小玉はその怒りを鎮めようとはしなかった。

だって、小玉も怒ってたから。

しかし小玉たちも鬼ではない。

懇願をとおりこして哀願する文林と心優しい彼の部下の希望により配置換えが行われ、当日は小玉が「やさしく」ぶつかってやることで、文林は無事に班青年の活躍を演出してやることができたのである。

もっとも琮夫人も、皇族としてこういうことには慣れているのであろう、見学後苦笑とともに、「ほどほどにね」なんて言われはした。

とはいえご満足いただけたようでなにより。

「俺の苦労は？」なんて不平を漏らす文林に、「これが接待というものよ」と小玉は胸を張った。

やるほうもやられるほうも、わかっているのである。

※

皇帝であることは、幸せなことなのだろうか？

現在の皇帝である棣にとっては、生まれたときからほぼ決められていた職業に過ぎない。

……過ぎない、と言いきるには、悪い意味で思うところはあった。

幼い時点で棣は、将来皇帝になっても自分が幸せになれると思わなかったし、案の定今短い人生を振りかえって、皇帝だから幸せになれたと思ったことはなかった。

今棣は、皇帝という職業によって、刻一刻と寿命を縮められている。ただでさえ今にも死にそうな体で。

それでも自分が不幸だからといって、世の中すべての人間が皇帝になって不幸になると言いきるほど、棣は主観に走る人間ではなかった。

だから、皇帝になって幸せになれるような人間が、皇帝になればいいのにと思っていた。なぜ自分の幸せを、最低限度の健康を犠牲にしてまで、この立場にいなくてはいけないのだろう。

贅沢な暮らしをしているからか？　だが皇帝でなかったとしても、棣は受けた恩恵を国に還元できる。

一介の皇子であればきっと、棣は、皇帝というものとこの国を愛せた。もしかしたら自分の命を喜んで捧げていたかもしれない。そうなればきっと、皇帝になるよりもこの国にとっては見返りは大きかっただろう。

棣個人としても、健康に留意しながらも皇帝の負担を減らす助けとなりながら、愛した女と静かに過ごせて、間違いなく幸せに生きて死ねたはずだった。

身近に迫る死を感じながら棣は今、この国をいっそ憎んでいる自分を感じている。それでもこの国をないがしろにできなかった。皇帝としての職務のうえはもちろん、個人的な感情——亡き父の敬慕の念がそうさせない。

父を、心から慕っていた。だから父がまっとうした皇帝としての仕事をおろそかにしなかった。最後の瞬間までそのつもりだ。

だから自分は、この国を壊すような真似はしない。自分の死期さえも利用して延命をはかる。

だから、後継者を決めなくてはいけなかった。

「私の後を継いでほしい」

目を見開く大叔父——周文林の目を覗きこむ。嘘ではないと強調するために、自分の目に力を込めた。実際、嘘はついていない。

「この国は長くない」

先が見えているところ、この国は自分と似ている。だから、というのもあるのだろうか。

結局はこの国のためにもなる道を遺していくのは。

この国のためになる、ではなく、この国のためにもなる、というところに私情はあるが。

棣がこの男を選んだ決め手は、棣が嫌いな相手だということだ。

棣の身内の大半はどいつもこいつも揃ってろくでなしで、「これは」と思う人材はそれこそ父の遺志で諦めなくてはならなかった。

馮王家に嫁いだ叔母。もしくはその夫。

自分が父を慕うように、父も自分の母――棣にとっての祖母を心から慕っていた。その祖母が、あの叔母を政治の中枢から遠ざけるようにと告げたから父はそうしたし、自分もまたその意向に従うつもりだ。これは父の息子としての意志。

それにあの叔母の夫は体が弱い。その夫を献身的に支える叔母のことを棣は個人的に好ましく思っていたし、夫のほうには少し羨望の念はあるものの自分の二の舞にさせたくはなかった。だから両者の負担を増やさない。これは棣個人の意志。

少し惜しい気持ちは残るが、あの叔母は劇薬のような性格だからと自分に言いきかせる。傾きかけたこの国に対し、劇的に効くかもしれないが、逆に命を縮めかねないようなそんな人間だ。

それよりは、無難にこの国を延命できる人間がいい。文林は性格に圭角のある男だが、能力面では行政処理に向いている。

「お前は理想的な世襲の皇帝になれる」

少なくとも叔母たちには無理だ。

他にもきっとそういう人間はいるだろうが、探しだすには棣に残された時間は少なく、そして負担も大きすぎた。

だから白羽の矢を文林に立てた。

嫌いでよかったと思う。だからこそこの立場を喜んで押しつけられる。

棣はこの男が羨ましくて、憎くてたまらない。

好きな女を側に置いて、微妙な立ち位置の関係でのんびり過ごしている。ぬるま湯に浸かったような状態はさぞ心地よいだろう。そしてその状態に焦ることもないのは、健康だからだ。自分に残り時間が大いにあると思っている。

「代替わりは国を疲弊させる。次の皇帝はできるだけ長持ちさせたい」

けれどもこんなことを言って、文林の長生を期待しているのも棣にとっては事実だった。

「ありがとう」

悩む様子を見せつつも頷いた彼に、棣は「ありがとう」と言った。この感謝も自分の中の真実。

「ただ棣、俺は一つだけやりたいことがある」

「なんだ？」

関小玉を後押ししたいという文林の望みに、棣は微苦笑をこらえた。彼にはずいぶんとささやかなものに思えた。それにわざわざ皇帝が後押しするまでもなく、彼女には軍で活躍する場はあるだろうし、仮に活躍の場がなかったとしても、別の立場を見いだして楽しくやるだろう。

少なくとも、棣から見た関小玉とはそういう人間だった。

むしろ、上の立場の人間から押しつけるようにして機会を与えることが、彼女のためになるかどうか。

――どうでもいいことだ。

彼女が不幸になるにしても、それくらいは褒美として文林に与えてもいいだろう。彼女は棣の臣なのだから。

それでお前にとって幸せになるのならばそれもいいだろうと、皇帝としての棣は思っている。

文林には面倒な立場を押しつけるのだから、見返りはあるべきだ。

「そうすればいい。それはこの国のためにもなるだろうから……文林、私も一つ頼みがある。とても個人的な頼みだ」

心残りを一つだけ文林に託す。羅義龍(らぎりゅう)が地獄に落ちてくるのを、棣は先に行って待っているつもりだった。絶望した彼の顔を拝むのが楽しみだ。ただで死んでなるものか。お前を不幸にしてやる。

そして――、

棣は文林を見た。

できればこの男も不幸になればいいと、個人としての棣は思っている。

文林が去った途端、棣は体中から力が抜けていくのを感じた。

疲れてしまった。ぼろぼろの体はもちろん、この国に、この国にいる人間に、愛情と憎悪とそれ以外の感情を同時に向けるのは。

だからもうすぐ死ぬのを、少し楽しみにも思っている。

それでもまだやることは残っている。

棣は無理やり身を起こし筆を手にとった。だがそこで力が抜けて、ややしばらくの間ぼんやりと筆を持っているだけになってしまった。

筆を眺めながら、同じ意匠を持っているはずの女のことを思う。

自分から逃げだした女をひどく憎く思うのと同時に、激しさとは無縁な、ほんわかと温かい気持ちが胸に宿るのを感じる。今すぐ戻ってきてなぜ自分の前から去ったのか説明してほしいと思うのと同時に、遠いところで元気でいてほしいという気持ちもある。

彼女がこの国のどこかで生きているならば、最後にこの国のためになることをしている自分への肯定材料が増える。

彼女への心残りだけは誰にも言わずに持っていく。

少しだけ力が出て、棣は筆を持つ腕を持ちあげた。

とりあえず、であるが——文林を女装させて、後宮に突っこもう。

なおこれは、嫌がらせではない。

※

小玉は目の上に手で庇を作って、かっと照りつける日差しを仰いだ。

そして通りすぎようとする屋敷の門番を、ちょっと羨ましそうに見やった。彼らが立っている位置はちょうど日陰になっていたから。

とはいえ、彼らはずっと立ちっぱなし。あちらもきっと辛かろう。

「食欲なくなりそうね……」

脈絡もないただの独り言で、小玉のその呟きに応える者は誰もいなかった。

最近隣国との争いが落ちついているなと思っていたら、今度は地元で戦うことになってしまった……。

なんて、冗談めかして言うようなことでもない。

当今は若くして即位した皇帝だったが、先帝と同様に体はあまり丈夫ではない。また先帝の体調の都合で彼に兄弟は少なく、早々に子を儲けることが期待されていた。だが妃嬪の懐妊は非常に少なく、無事に出産にこぎつけたことはなかった。

おそらく次の皇帝は、彼の直系の子孫にはならず、皇族の中から選ぶのだろう……そう思われていたところ、いきなり皇族に対する粛清が始まった。

明慧がぼやいた。

「まったく、大家はなんだって身内を殺そうとすんのかね」

周りに人はおらず、また彼女の声もだいぶ小さかったから、小玉は明慧の不敬ともとれる発言をたしなめなかった。

小玉自身、明慧と同じことを思っているからだ。

「きちんとした理由あってのことよ」

けれどもこの言葉は、自分に言いきかせるためのものではない。

実際、皇帝は同族の処刑を命じるに際して理由を明示しており、そしてそれは濡れ衣などではなかった。

大体の対象は、小玉の耳にすら――いや、「すら」なんて表現は無駄な謙遜だ――小玉の耳にも評判の悪さがよく入ってくる相手だ。

実をいうと、今の小玉はまあまあ情報通だ。

かつては王将軍の派閥（本人の感覚では一味）にわかりやすく属していたが、現在の小玉にはこれといってすり寄る先はない。強いていえば現在は班将軍に近しいが……という感じの状態。孤高を気取っているわけではないが、小玉なりにやりやすい立ち位置を模索した結果である。

もちろん偶然でこんなおいしい状況になれるわけがない。必要な情報を集められないと、そういう立ち回りはできないので、自分の顔の広さを頼りに色々と聞き回っている。小玉の人間関係は十五歳以降からほぼ帝都で終始しているので、耳に入るものは狭い分野のしかもかなり偏った内容だが、ありがたいことに欲している情報はその狭い分野の偏った内容だ。今の小玉には過不足はない。

とはいえ小玉が「将軍になってから特に頑張ってることは？」なんて誰かに尋ねられたら、回答にためらうのは間違いない。

はっきりいえるのが、「書類仕事と友人関係」だから……。小玉としてはせめて、「頑張っているのは土木工事」と答えたいところなのに。

そして後者はともかく前者は、頑張ってはいるがうまくいっている自信はないもんだから、よけいにためらう。

とにかく粛清の対象は、以前からよからぬ噂が出回っている相手であることは、間違いない。過去に小玉が、自身の耳で愚痴とか悪口を聞いたことがある名前ばかりだから。

だからどちらかというと嘆くべきは、多くの皇族が腐敗しているという事実なのだろう。実をいうと小玉も粛清自体は、よいことだと思っていた。罰されるべき者が罰されるということは正しいことである。

ただできればであるが、小玉の知人の皇族には、罰されるべき者にならないでほしい。班将軍の親戚の琮尚書とか、昔仕えていた帝姫とか。

「故あって粛清」ということであれば、旧知だろうが捕縛の陣頭指揮を命じられても遂行するが、まあ、うん……楽しくはない。

特に後者。彼女についてはいい噂も悪い噂も特に聞かないが、領地が遠く帝都にめったに来ない相手なので、よほど派手なことをしないかぎり小玉の狭くて偏った情報網に引っかかってこない可能性が高い。

あの子今なにしてんだろとたまに懐かしむ相手が、酷刑に処される姿は見たくないので……頼む品行方正であってくれ、と祈ってやまない。

さて、今回小玉たちが向かっているのは、帝都にある皇族の屋敷の一つだ。

だいたいの皇族は自分の領地を持っており、そこに王城があるのだが、帝都にもそれぞれ屋敷を構えている。皇帝に謁見するなど領地からやってくる時は、そこで起居する。彼ら彼女らがどれくらいの格の土地に屋敷を構えているか、どれくらい入りびたっているかが、経済状況とか人となりとかを噂する材料になる。

さっき小玉が羨ましそうに眺めた門番が警備しているところがまさにそれで、小玉が思いを馳(は)せた帝姫が嫁いだ王家のものだ。それを見たせいで、彼女のことを思いだしたわけだ。とはいえこの屋敷が使われることは、小玉の知るかぎりほとんどない。領地が遠方にあるからなのだろうが、その他に王の体が弱いというせいもあるだろう。

大がかりな行事などには王が来るが、決まって体調を崩して滞在が長引くということが多々あったため、今の皇帝が温情で「よほどのことがないかぎり来なくていい」と言っている。小耳に挟んだところでは、妻である王妃――つまり件の帝姫が皇帝に抗議したらしい。これが本当だとしたら、粛清の原因になるのではないか、なったらどうしようと小玉が心配しているところである。

それはともあれ、馮王家の屋敷はほぼ使われることがないというのに、一等地に建ち、そしていつ主が来てもいいように人を配して整えている。そのことから羽振りのよさが窺えるものだ。

そして小玉たちの用があるのは、その三軒隣の屋敷である。時々悲鳴が聞こえるという、たいへん物騒な噂を小玉も聞いたことがある。

立地はよい。つまりこちらの王家も羽振りがよく、

「何用だ！」

そして門番の質がよいわけである。

「勅命だ。王にご同行いただく」

「殿下になんと無礼な！　丁重にお招きするでもなく、よってたかって武官が押しかけて、あのような……粗末な駕籠に殿下をだと!?」

語気も荒く誰何する門番に相対し、小玉は違和感を覚えていた。

相手はちゃんと門番をしている。

しすぎている。

ここ最近、粛清がらみで出動することが多いせいで、小玉はこういう場合にへらへらして小玉たちを通す輩、激昂して斬りかかってくる輩等々、人材の乏しさを目の当たりにするはめになっている。

しかし今回、相手は怒っているが、きちんと問答してくる。怒りの理由も「殿下に失礼」というものであるが、主人に対する薄っぺらなものではない敬意を感じる。

ま、だからといって「これは失礼」といって引き下がるわけにもいかない。

これも仕事なので。

「明慧、傷はつけないように」

「あいよ」

抗議した時点で門番は「勅命に背いた」という理由で斬りすててもいいわけだ。しかし今回はそうしないほうがいいと小玉は見た。

門番を柱にくくりつけて足を踏みいれたところで、今度は屋敷の執事が現れた。

「何用です！」

「勅命だ。王にご同行いただく」

……だいたいさっきの繰りかえし。

奥へ奥へと踏みこみながら、小玉は隣にいる明慧に問いかけた。

「ねえ明慧、これ変じゃない？」

「変ってなにが？」

「なんかこう……やぶれかぶれで抵抗するんじゃなくて、ちゃんと怒ってるって感じ。こちらに対しても、大家の遣いだからおいそれと止められなくて困ってる。強行してこないじゃない」

「まあ、強行してくれたほうが、こっちも話早いんだけどね」

勅命という名の暴力には暴力で返していいというお墨付きがあるし、数の上でも小玉たちにも利があるので、勝ち目についてはまったく心配がない。

「理性的というか、ちゃんとしているところな気がするのよ。この連行は正しいのかな……？」

「しっ」

明慧がちらと後ろを見ながら、小玉をたしなめる。

小玉は肩をすくめた。

小玉たちの背後には一人の文官がいる。常の小玉たちとは特に関係がない、今回捕縛対象の王を連行するために同行している文官である。彼が王の前で勅書を読みあげることになっており、形式上小玉たちは彼の護衛ということになっている。

要はお目付役ということで、彼の前でうかつなことはいえない。皇帝の判断に対して疑義を唱えるなんてもってのほかである。

なんにせよ、行くしかない。

そうして小玉たちが押しかけた先で見たものは、予想だにしていないものだった。

後ろ手に縛られた状態で天井から逆さにぶら下がっている男性一名（全裸）と、なぜか両手に羽を持ってそれを取り囲む女性三名（着衣）。

扉を開けたのは明慧だった。

その瞬間、まるで世界中から音が消えたように、誰も音を発さなかった。

次の瞬間、「キャアアア！」という悲鳴が響いた。小玉の前方で四人分、隣から一人分、小玉自身からも一人分。

逆さづりの男性も、女性たちも、明慧も、小玉も、文官も、それはそれは可憐な声で叫んだ。

小玉が連れてきた他の者が声をあげなかったのは、小玉たち（主に明慧）の体で視界が遮られていたからにすぎない。我が身をもって彼らの目を守ってあげたこと、感謝してほしいと小玉は思った。

しかし守られたことを知らない者たちは、当然といえば当然だが「なにごとか」とざわめく。そりゃ先頭の者がいきなり叫んだらそうなる。しかもその中に、彼らにとっての上司もいるのだ。

もしかしたら、叫んだのが上司だと思っていない可能性もあるが。

しかし後ろの騒ぎをどうやって収めようと小玉が思ったところで、女の一人が小玉たちの前に立ちはだかった。どうやらこちらを賊と見なしたらしい。

「わたくしたちはどうなっても構わないけれども、殿下に危害を加えるならば許さなくてよ！」

説明する必要もないかもしれないが、逆さづりの男こそ、今回小玉が連行する予定の男である。

女に対抗するかのように、隣の文官がずいっと前に出た。

「皇帝陛下のご命令である！」

勅書を広げ、いきなり読みあげを始めたのである。

確かに彼はそのために来たのだから行動としては正しい。悲鳴をあげるほど動揺したところから、ほぼ一瞬で立ちなおったのも素晴らしい。

ただ小玉の心がこの状況をちょっと受けいれがたいだけの話。

とはいえこれはもう宮仕えの者の条件反射で、「皇帝陛下のご……」あたりを聞いた時点で、小玉を含めその場にいる全員が跪いた。抗議した女ももちろん。

ただ一人を除いて。

とはいえこれは反骨精神によるものではなく、不可抗力。吊り下げられたままだったら跪きようがない。

女たちは跪きながらなんとか男を下ろそうとそわそわしているし、男は男で逆さづりの状態から腹筋に力を入れて頭を自分の足側に近づけようとしている。

逆に、頭が高くなっている気もする。

「――以上である！」

「謹んで、お受けいたします」

お受けしちゃうんだ……と小玉は思ってしまった。お受けされてしまうと、これを連れていくのは小玉なので。


「そんな、殿下！」

「殿下がなにをなさったというのですか！」

女たちがぶら下がる男にすがりついて、こちらに抗議してくる。

文官に遅れこちらも立ちなおった明慧が、感心した声をあげた。

「やけに人望あるねこの人」

「なにをしたというか、なにをされてたのかのほうが問題な気がする」

自分がおかしいんだろうか……と思いつつ、小玉は愁嘆場を眺める。

「あんまりだわ！」女の一人がわっと泣きだした。「殿下はただちょっと、人に理解されにくいご趣味を持っているだけだというのに！」

先ほど小玉たちに食ってかかった女が、地べたに這いつくばるようにしてこちらに哀願してくる。

「殿下は誰にも迷惑をかけてはいないわ。下々の者にもお優しくて、決して無理強いはしないお方よ……」

「あの、たまに悲鳴が聞こえるという話を耳にし……」

小玉は一応抗弁したが、途中で遮られる。

「それは殿下のお声よ！」

「殿下のお声なんですか」

知りたくはなかった正体である。正確にいえば「知りたいとは思っていたが、知ってしまった今となっては、知ったことを後悔している」。

「いえっ、確かにご近所に迷惑ではあるわね、でも殿下はそれを重くみて、音を遮断する部屋を造らせたのよ！　それ以来声は外に漏れていなかった！」

なるほど、どうりで小玉たちが踏みこむまで悠長にぶら下げたりぶら下がったりしていたわけだ。外に音が漏れないということは、外の音が入ってこないということだから。

色々なことが解明されていく。

解明してほしいと、頼んでもいないことまで。

女たちの嘆きの声を止めたのは、元・逆さづりの男だった。

三人目の女がようやく彼を床に下ろしたのである。といっても後ろの手は縛られたままではあるが、女の手を借りて立ちあがった。

「よい、このような醜態を見られたからには、生き恥を晒してはおけぬ。むしろ手間が省けた」

醜態と自認してはいたらしい。

三人目の女は彼の腰にさっと布を巻き、肩に衣をかける。彼女だけひときわ冷静というか、職人の気概みたいなものを感じる。

「関将軍よ、彼女たちは私の命令でこのようなことをさせられていた。罪には問わないでくれ」

「罪……」

仮に問うとしたらうちの国では、どんな罪状になるんだろうか。小玉はそう思ったが、そういうのは刑部の文官が考えることだと、小玉は思考を放棄した。

以下、明慧による本日の総括。

「縛りあげる手間は省けたさね」

「この前の皇族、無罪放免になったんだってね」

明慧の声に、小玉は力なく頷いた。

「うん……」

よかったんだろう……多分。誰にも知られたくなかったであろう自分の趣味を一般公開された本人が、判決を受けて「いっそ殺してくれ！」と叫んだらしいが。

小玉個人としては、気の毒でならない。

※

今の皇帝は優秀な人であるし、粛清にまつわる疑いも十のうち九は当たりを引いているが、今回みたいに残り一の例もある。

綸言汗のごとしともいうが、今回の場合は罪の撤回にはあたらない。皇族たちに対して皇帝はあくまで「参内せよ」としか言っていないからだ。兵が押しかけるので実質は捕縛なのだが、表面上はちょっと護衛の多い召し出しでしかない。

だからこういうふうに調査が進めば解放される者もいるわけだ。罪ある者は罰され、罪なき者は解放される。正しいことだ。

だが……。

粛清自体は、よいことだと思っていた小玉だが、若干過去形になりつつある。

急激に進みすぎる事に、今は不安を抱いている。

どのみちこの国は腐敗しきっていて、いずれ倒れるものだったのかもしれない。それを皇帝が腐った部分を一気に取りのぞこうとしていて……今、すぐ倒れてしまうのかもしれない。

「大家は……焦っておいでなのかしら」

「だとしたらなにが理由なんだろうな……いや、あたしたちが考えてもわからないことだな。もう少し建設的なことを考えよう。文林の体調のこととか」

「そうね」

文林はここ最近、まとまった休みをとっている。

あの仕事人間が！

喪中でもないのに！

と、周囲はざわついたものだ。

例の捕縛の際に彼は不在だった。とはいえ「うらやましい！」なんて軽口は叩けなかった。体調不良、ということで、実際納得できるくらいに最近の彼の顔色は悪かったのである。もしかしたらちょっと痩せていたかもしれない。

「時節柄暑気あたりかな」

「あいつもそこまで貧弱じゃないだろ」

「だよねえ……」

小玉は苦笑いして前言を撤回した。

暑気あたりくらいだったら、すぐ治るかなという期待を込めての呟きだったので、そうと言える判断材料を持ちあわせているわけではなかった。

「とはいえ暑気あたりだって辛いっちゃ辛いからねえ、もしそうだったら差し入れくらい用意してやりたい」

根性論で思考を打ち切らないのが、明慧のいいところである。

「でも……まあ、うちらと違って彼んとこ、使用人たくさんいるところだし、ちゃんと世話してくれる人いるよ。いいよね～、体調不良のときに人がいるって」

祖父母の死後に商売は畳んだといっても、彼が金持ちであるということには変わりがない。前に住んでいた家は引き払い、以前より小さいところに移ったとはいえ、文林の家にはこれまでと同じように雇の者がいた。

明慧は顎をつまみながら「確かに」と同意した。

「そしたら……下手にあたしたちが見舞いの品持ってって、仕事のこと思いださせるのもよくないかね」

「そうそう、それほんとそう。体調悪くて休んでるときに、仕事のこと考えたくないよ、絶対！」

小玉は力強く頷いた。

「そうかな……彼の性質からして、書類とかだったら見たら逆に元気になりそうじゃないかな」

「う……」

自実だけ異論を唱え、それはそれで確かに信憑性があった。

だが小玉は、結局は首を横に振った。

「体調悪いのに、仕事を連想して嬉しくなっちゃうような変態が同僚だったらこま……いや、困りはしないけど、単純にいや……」

人に迷惑をかけない変態を許容できないあたり、小玉の度量は狭いのかもしれない。例の皇族は許せたのに、文林は許せないのはなぜか。他人と身内に近い人間に対して、判断がぶれすぎている自覚はある。

「それはいや……」

明慧も、常からは想像できないようなか細い声を出し、我が身をきゅっと抱きしめてちょっと震えた。

「確かに」

で、自実も納得したのである。そしてここにいる全員、度量についてはどっこいどっこいの狭さであることが判明した。

全員、同僚が変態であることとの証明はしたくなかったのである。

証明してもしなくても、文林の性質が左右されるわけではないが、証明が成立しなければ、文林は小玉たちにとって変態ではない。

そんな理由で、見舞いを控えていた。

どうせ出勤したとしても、彼が喜びそうな書類仕事以外では、心が病むような作業が続いている。それだったら、自宅でゆっくり体の病を治してほしい……そんな親心。

いや、さすがに親とまではいわないか、お姉さんとお兄さん心であった。

なんて思ってたら、文林が皇帝になることが決まってしまった。

※

「……は？」

文字列を見て小玉は思わず目をこすった。文章全体を読むとしたなら、小玉には未だに読めない字もあるのだが、こんな平易な二字はさすがに間違えようもない。

立太子されてはいないものの、お世継ぎとして発表されたからには、この「文林」とやらが実質上の皇太子である。

顔を上げると、おそらくは自分と同じ表情をしている明慧と目があった。

「同名の別人かね」

「なくはない」

よくある名前だから。

とはいえ、文林が一向に出勤しない事実と照らしあわせると、その可能性を残しておくのはただの逃避であった。

「あんた、なにも聞いて……ないよね」

「うん……」

2月～4月連続刊行

「戦うイケメン」作品
特設サイト公開中！

作品の最新情報や紹介コミックも
ゾクゾク公開予定!!

https://kimirano.jp/special/kadokawabooks2023winter/

こちらも好評発売中！

「泡沫に神は微睡む 1
追放された少年は
火神の剣をとる」
著：安田のら　イラスト：あるてら

追放された少年の巨大すぎる
霊力と剣が目覚めたら――

超強大な精霊の力を操る貴族が牛耳る国で、血統に反して精霊の加護がなぜか欠けていた少年晶。追放後に、強力な呪符を書く能力、瘴気を無効化する特異体質などの不思議が次々と発覚！　新天地で成り上がりが始まる！

四六判単行本　カドカワBOOKS

「女王の靴」の新米配達人
しあわせを運ぶ機械人形
著■ゆいレギナ　イラスト■夏子

フェイ
廃棄処分されるところを「運び屋」に助けられ、恩返しのために自らも運び屋になった機械人形。

ゼータ
「女王の靴」副局長。クールな外見とは裏腹に、実は面倒見の良すぎる心配性のお兄さん。

刊

4月刊

はぐれ皇子と破国の炎魔 ～龍久国継承戦～

著・木古おうみ　イラスト・鴉羽凛燈

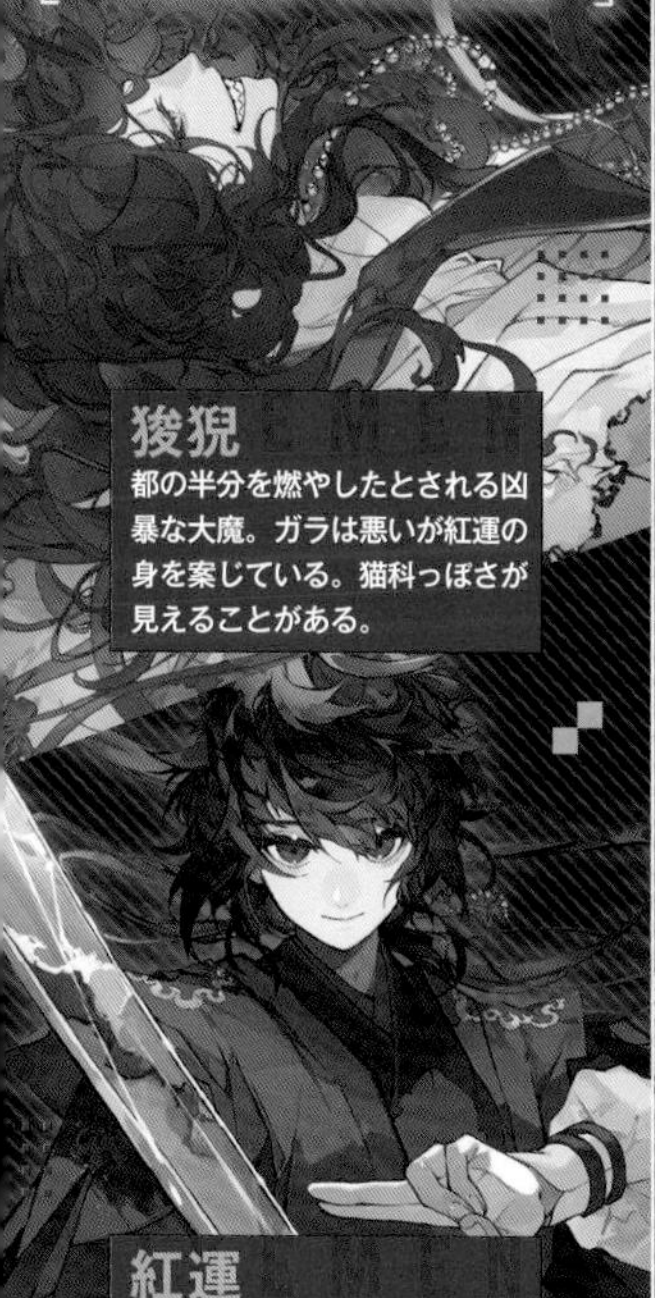

狻猊
都の半分を燃やしたとされる凶暴な大魔。ガラは悪いが紅運の身を案じている。猫科っぽさが見えることがある。

紅運
いじけ気味だったが、思い切りが良すぎて兄弟の皇子に驚かれることも。絵が下手。

ヴィランズの王冠 ―あらゆる悪がひれ伏す異能―

著・台東クロウ　イラスト・タケバヤシ

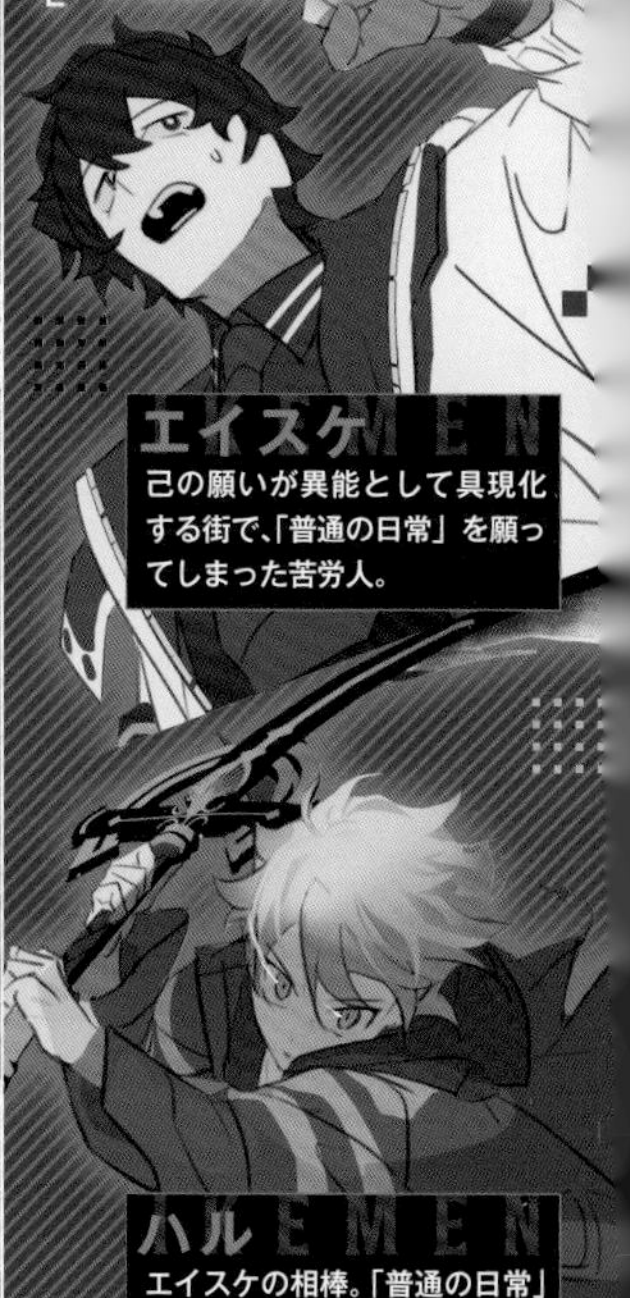

エイスケ
己の願いが異能として具現化する街で、「普通の日常」を願ってしまった苦労人。

ハル
エイスケの相棒。「普通の日常」からほど遠いトラブルメーカー。他者の異能を無効化する剣を振るう。

カドカワBOOKSより発売中！　2月刊

男たちが火花を散らす!
化物どもは王宮ごと
燃やし尽くすのが
一番だ!
はぐれ皇子と破国の炎魔
〜龍久国継承戦〜
著:木古おうみ　イラスト:鴉羽凛燈
強大な使い魔を従えた皇子達と皇帝が統治する龍久国。一人だけ使い魔を持たず宮廷のあぶれものだった第九皇子が、国を脅かす凶事を収めるため、兄達の制止を無視して最凶最悪の魔物を従魔として覚醒させてしまい??
カドカワBOOKS
四六判単行本
戦うイケメン
TATAKAU IKEMEN
続々登場

正直……なにがどうしてどうなったらそんなことになるのか、小玉にもよくわからなかった。

「おはよう。いや、微妙な騒ぎだね」

少し遅れて自実が出勤してきた。

微妙な騒ぎとは言いえて妙で、実際大騒ぎという感じにはなっていなかったのである。

大体の人間は、「文林」という名でとっさに思うのは、これにつきるのである。

——誰？

「本当に誰？」

小玉が首を傾げると、自実は少し暗い表情になった。

「実はね出勤前にね、妻が情報提供してくれたものだから、ちょっと周くんの家に寄ってみたんだよね」

「そっか……」

小玉でさえついさっき知った情報を、なぜ出勤前の将校の奥方が知っているのかは小玉にはわからない。でも、あの人だったらそれくらいできそうだよなあ、という納得感はある。実はほとんど会ったことない相手なのに。

だがここで、「あんたの奥さんって、ほとんど話でしか知らないのに、人の心に妙な存在感あるよね」とか小玉が言ったら話があらぬ方向へと逸れに逸れそうなので、彼女はぐっとこらえた。

「ああ、あの方だったら、それくらい知ってそうですよね。あ、おとついもらったお菓子もおいしかったです。お礼伝えといてください」

「清喜、お前ー！」

思惑をきれいに踏みにじられて、小玉は声をあげた。思いっきり話を逸らしてくるじゃないか、こいつ。

「そうなの？　うちの、お菓子あげてたのか。わかった、うん」

自実はちょっと驚いていたが、それは初耳だからという理由だけのようだった。清喜にお菓子をあげたこと自体に、特に疑問を抱いた様子はない。

「え、自実の奥方と、よく会ってるのかい」

こちらも自実の奥方とそれほど面識のない明慧の問いに、清喜が屈託なく頷く。

「はい。復卿さん存命のころから。特に一緒にいると、すれちがうことが多くてですね。今も時々」

それでよくご挨拶するんですよね、と清喜は笑う。

自実はちょっと遠い目をする。

「妻は、男性の厚い友情に深い感銘を受ける人で、それを追求することを畢生の事業としているから」

やたら壮大な表現をしてくる。小玉にはよくわからない世界だが、一つだけわかったことがある。

――なるほど、それは偶然会ったわけじゃないな……。

絶対に、そう。

そして清喜と復卿の行く先々に現れるような事情通なら、小玉の出勤前に世継ぎの情報を得ていてもおかしくない。

そう、おかしくない。

ただ、若干物足りない。

「いや、おかしいだろ！」

なんて、大いに主張する声がないのは、なにやら寂しい。今話題の中心の人物――本人だかどうだかはわからないが――文林だったらそういう声をあげるはず。

……………。

「そうだ、文林の話だった」

もうこの時点だと、彼が話題の中心であるかどうかも疑わしかった。しかし小玉の声で、
自実も「あ、そうそう」と、話に戻ってくる。

「彼ね、家引き払ってたよ」

「嘘でしょ……」

小玉は目を見開いた。

そしてひと息で叫ぶ。

「嘘でしょあたし退職届提出されてないんだけど！」

世継ぎが文林であるかどうかよりも、ずっと大きな問題である。まず小玉は管理不行き
届きで譴責を受けるし、文林は文林で脱走兵扱いになる。

血相を変える小玉に、明慧は一応の可能性を提示してくれる。

「いや待て、引越しという可能性もまだ……」

言葉尻に「ある」とは付けなかったけれど。

そして「ない」だろうなあ、という顔をしているけれど。

まっとうな大人の中でも、特にまっとうであろうとする姿勢を崩さなかった文林が、手続きを踏まずに退職するなんて誰も思いすらしていなかった。

頭を抱えた小玉だが、はっと顔をあげた。

「つまり、世継ぎの『文林』様は文林なのよね、そうなのよね！」

「んー、まあ、ほぼ確定だよね」

自実がうんうんと頷く。

それに力を得て、小玉はさらに言いつのる。

「だからあいつ退職届提出しなかった！　ご即位に関する、こう、諸々のご事情があったから！　ということは、文林がなんにも提出していないのも、あたしが受理していないのも、なにも問題ないことなのよね！」

「多分！」

小玉の言わんとすることを察した明慧が、あいまいな言葉を力強く返してくれる。

「よし！」

小玉は力強く頷いた。

こうやって小玉は、世継ぎの「文林」は文林であるということを、勢いで納得した。なので、後で裏づけがとれてもそんなに驚かなかった。

「でも、一応人事のほうに、確認しにいこうね」

と自実に言われ、小玉は明慧と自実を引きつれて確認に行くことにした。

あまり丁重な対応はされなかった。

「えーと、その問いあわせ、今日もうすでに何件か来てるんですよね」

担当者は、勘弁してほしいなあ仕事進まないなあとぼやいていた。世継ぎの「文林」の確認のために人事に来るということを思いつく人間が複数いたことに、小玉はちょっと複雑な思いになる。自分、直属の上司なんだが、それより早いって……。

しかしすでに問いあわせてくれていた先人たちのおかげで、担当が書類を引っくりかえして探すような待ち時間がなかったことは、小玉にとってありがたいことだった。待ち時間があったら絶対にそわそわしてしまうし、貧乏ゆすりとかもしてしまっていたかもしれない。

「やった……やった！」

そして求めていた回答——文林の退役について、決裁が済んでることを知った小玉は、思わず拳を天に突きあげた。自分を飛び越えて手続きが進んでいることについては、もうなにも言うつもりはない。

「はいじゃあ、さっさと戻って」

そそくさと戻りながら、明慧たちと手を取りあって喜んだ。

これで自分が処分を受けることがないのが、確定したんである。

小玉の思考を責任逃れといえばそれまでの話だ。だが自分の身分に執着はないとはいっても、そんなわけのわからんことで処分を受けるのは小玉ですら嫌だった。

米孝先(こうせん)とか、「王将軍から引きついだ立場でなにやってんだ！」とか怒鳴りこみに来そうだし。

※

数日後、小玉は疲弊しきった頭を抱えていた。

「疲れた……」

「冷めてますが、お茶飲みます？」

「うん……いや、いらないわ。もうお腹がたぷたぷ」

小玉は手を振って、清喜に断りを入れた。

出迎える客をいちいち茶の相手をしながら話したものだから、小玉はもう水分というものをまったく欲していなかった。

「でも余ってるんですよね……」

つまり飲め、と。

「ならあたしがもらうよ。冷めてるならちょうどいい」

横から腕が伸びてきて、茶杯が持ちあげられた。

明慧はひと息に飲みほし、くう〜と大きく息をついた。助け船というわけではなく、単に彼女が欲しかったらしい。

「明慧、あんたんところに何人来た？」

「あんたよりは少ないだろうな、って数」

具体性には乏しいが、小玉にはよくわかったので問題なかった。

明慧の様子も心なしかしんなりとしおれている。二人ともこういう忙しさにはまったく慣れていなかった。

米孝先が怒鳴りこみに来ない代わりに……というにはあまりにも迷惑であるが、小玉たちのもとに問いあわせが多数来た。もちろん文林のことについてだ。

先日、人事に問いあわせたときに、勘弁してほしいなあ仕事進まないなあとぼやかれたとき、小玉は思ったものだ。本人に聞こえるように言うあたり、相当きてるなと。

今なら相手の気持ちが分かる。きちんと対応してくれただけ、まだましだったと。

「仕事進まないねえ……」

先日の彼と同じことを、明慧がぼやく。

とはいえ人事のほうは、調べれば回答できるものなのでまだましだ。

だが小玉には、提供できる答えがない。おかげでたいそう困っている。

小玉は文林が世継ぎになったことを納得はしたが、「そうである」ということを理解しただけで、「なぜそうなのか」はまったくわかってない。

今もそう。

しかし周囲のなにがどうしてどうなったらそんなことになるのかわからない人は、小玉が当然事情を知っているものと決めつけて、色々聞いてくる。

しかし小玉も彼らと似たり寄ったりな情報しか持っていない。

つまり、ほぼなにも知らない、なにも答えることができない。それなのに、隠してるんだろうと責められるのは、とんだとばっちりにもほどがある。

かといって訳知り顔で「そういうことか」と納得されるのも、それはそれでいい気持ちはしない。

どういうことなんだ。

自分も知らないなにを納得されたんだ。

「もう帰ろうかな」

「そうしなよ。休み余ってるんだろう?」

こちらもちょっと疲れた顔の自実が口を挟んでくる。

「せっかくだから、部下にきちんと休む手本を見せてやるといいよ」

こいつは人のあしらいが抜群にうまいから、小玉や明慧ほど攻勢を受けていないし、隙間をかいくぐって上手に仕事もしている。

ちょっとうらやましい。名門だから云々……というのは要所要所であるもので、彼の場合人と付きあう点でも、使う点でも幼少時からの慣れを感じる。

文林に対しても時々思っていたことだが、小さな集落で限られた人間と濃密に接してきた小玉とは、人に対するとらえ方が違うんだなと、こういうとき実感する。

「……そうするね」

今日休んだところで、明日楽になる類のことではないような気もするが、いかんせん今日の小玉は疲れすぎていた。

「そうしなさい。で、それを口実にして私も帰る」

「あんたはそこまで休み残ってないだろ」

明慧が自実の肩をがしりと摑んだ。


帰路、小玉が気になっていたのは、住みこみで働いてくれている老夫婦の、夫人のことだった。

「お弁当作ってもらったのに悪いことしたかな」

「そんな気にしないと思いますよ。でもせっかくだから、丙くん連れてちょっと出かけて、そのとき食べるとかどうですか？」

「ああ～それいいね。最近あの子と一緒にいる時間、また減ってきたから、ちょっと気になってて」

「横で見てると、そこまで減った気はしないんですけどね。それにだからといってべったりするのも、あまりよくないんじゃないですか」

内容は親御さんの会話だが、二人とも丙の親ではないことを考えると少し変だった。小玉のほうは扶養している親族だからまったくおかしくないはずなんだが、話す相手がまったくの他人・元彼の弟・清喜であるせいで。

「そうね……人育てるって、えらいたいへんなことよね……」

丙のことを話してはいたものの、小玉の脳裏に浮かんでいるのは、文林に任せたはずの新人・班将軍の息子くんだった。

現在の彼、小玉よりもかわいそうかもしれない。教育係、いきなり消えたから。

文林が世継ぎの「文林」であることを察してなかったら、班将軍が怒鳴りこみに来ていたかもしれない。実際の彼は、「怒り困り顔」というのか、小玉が初めて見る分野の表情をしていた。

米孝先のことといい、現在の小玉は各方面から怒鳴りこみかねられないすれすれの状況下に置かれている。自分の行いのせいだったとしたら、しかも自分の行いとは無関係なところで。

「ただいま」

そうこうしているうちに家に着く。小玉を出迎えた……というより、たまたま入り口のあたりで掃き掃除をしていたところに出くわした老婦人が頭を下げた。

「お帰りなさいませ、お早いですね」

「そうなのよ、それで丙……」

「ちょうどよいところでした。お客さまがお見えです」

「え」

結局家に戻っても、小玉はあんまり楽できないようだった。


「おお、邪魔してるぞ」

丙と楽しく話をしている客――陳叔安(ちんしゅくあん)が、小玉に片手をあげた。

「お茶、ご用意しますねえ」

老婦人がにこやかに、去っていった。いや、いらない……と声をかける隙もなく。

「叔母ちゃん、小父(おじ)さんがね、今度小父さんところの子たちと魚釣りに行かないかって誘ってくれた！」

「あらそう！……え、いいの？」

後半の問いかけは叔安に。

「いいさ。ついでにお前も来てくれよ。子ども見る目は多いほうが、こちらとしても助かるから」

確かにそう。子守の経験がある小玉にはわかる。叔安の上の子もだいぶ大きいが、水場は大人がなるべく多くついていたほうがいい。

「そうだね。でもいつ行けるかな……」

今日まったく進まなかった仕事を鑑みるに、小玉は当分、自分の時間が拘束されそうな気がしている。

「無理なら、清喜。お前どうだ。まだ予定に融通きくだろう」

清喜は不敵に笑う。

「叔安さんお目が高い。地元では鱒（ます）の化身と呼ばれた僕の技をお見せする機会がついに来ましたね」

その二つ名、小玉ですら初耳だった。

「釣る側が鱒の化身でいいのか、それ」

「誰か溺れたときだけ、鱒の化身になるのでいいんです」

なるほど、それはそれで頼もしい。

「ところで丙、お前釣（つ）り竿（ざお）持ってたか？」

「持ってる、よ！　でも壊れてないか今ちょっと見てくる！」

即答でなかったのは、最近手入れしていなかったかららしい。

「おう。なんなら持ってこい。小父さんがちょっと見てやる」

丙が走りさると、「さて」と叔安は小玉に向きなおった。

「お前の副官だったという……」

「知らない」

子どもをこんなに鮮やかに遠ざける手腕を、こいつはいつ身につけたんだ……という感心はさておき、小玉は叔安が言い終わる前にきっぱりと。

「小玉……」

物言いたげ……というか、このまま止めなかったら実際に小玉に物言いをつけるであろう叔安を小玉は制した。

「知らないものは知らないんだって。今情報集めてるんで、もうちょっと待って」

頭痛がし始めた頭を押さえながら、小玉は呻(うめ)くように言った。

「本当に何も聞いてないんだよな？」

「くどい」

機嫌が急降下するのを感じる。今日は朝から何人ものわからずや相手に同じ問答をくり返してきた。さすがに色々と限界だ。

これ以上いいつのるようだったら、茶の一杯でも引っかけて追い返そうと小玉は思いはじめた。

叔安にとって幸いなことに、小玉の前にはまだ茶が来ていない。熱々の茶が。

だから彼に引っかけるのは、彼の前に出された茶杯の中身になるはずだ。こいつが来てちょっと経っているはずだから、きっと飲みごろかそれよりぬるいくらいだろう。

仮にちょっと火傷しても、どうせ叔安だし。

小玉は獲物を狙う目で叔安の茶を見はじめたが、すかさず清喜が「新しいの用意しますね～」と茶杯を引っこめた。

しかし清喜の心配は杞憂に終わったようだ。叔安はそれ以上問いただすことはしなかった。

ただ少し肩を落として、こう呟いた。

「……俺は、あの人……いや、もうあの方か、あの方のことをよく知らなかったが、お前たちが一緒になるんだと思ってたんだ」

小玉に対してなにかとお兄さんぶる彼は、お兄さんとして意外にちゃんと小玉のことを見てくれていたようだった。

「…………」

小玉は虚を衝かれ、ほんの少しだけ叔安に対して真面目に向きあった。

「……そうだね。確かにそういう考えがなかったとはいわない」

というか、そんな話を実際にした。あの話どうするんだろう……いや、もうなかったことになってるんだけど。

急に辛気くさくなった空気をなんとかしたくなって、小玉は少し混ぜっかえした。

「叔安のくせに……」

「なんだその言い草は！」

しかし小玉がわざわざなにか言わなくても、ほどなくして戻ってきた丙のおかげで、場はすぐ賑やかになる。

彼、頭から竿生やしていた。

実際には服と背中の間に、釣り竿を挟んでいるだけなのだが、そんな外見の少年がやってきて辛気くさいままでいられるわけもない。

「あんたなんて持ち方してんの」

小玉の呆れた物言いに、丙が唇を尖らせる。

「だってお茶預かって、両手使えなかったんだもん」

「だからって他にやりかたあるでしょ。脇に挟むとか」

「先っちょ引きずっちゃうから……」

なんて言い合いする叔母と甥をよそに、

「お茶、僕がもらうね」

と言って、清喜が丙の手から盆を受けとる。

「釣り竿見せてみろ」

と言って、叔安が丙の背中から釣り竿を引っこぬいた。

※

「どうしたの、兄さん？」

月枝の部屋に入った文林は、彼女が勧めた椅子に座りもしなかった。

開口一番……というわけでもないか、平和に「こんばんは」くらいの挨拶はしたが……

彼は立ったまま言いはなった。

「もうここには来られない」

文林にそう告げられ、月枝はそのときが来たのだと思った。

とても嬉しかった。まるで我がことのように。

「おめでとう、兄さん」

「どうも」

けれどもその言葉を受けとる彼はなぜかまったく幸せそうではなくて、月枝は大いに戸惑った。

「……兄さん、どうしたの？　なにか嫌なこと、あったの？」

月枝の問いに、文林は片手を自分の頬に当てて不思議そうに言う。

「驚いたな。そんな、わかるものか？」

「わかるわよ。兄さん、わかりやすいもの」

少なくとも月枝にとっては。

確かに顔自体は笑ってはいた。けれども嬉しさだとか楽しさだとかの正の感情が、まったく漂ってこなかった。

「そんなこと言うのはお前くらいだな」

文林はため息をつき、月枝に問いかけた。

「お前、さっきはなにに対して『おめでとう』と言った？」

月枝への問いには答えていないのに。

妙な謎かけだなと思いつつ、月枝は謎かけをされたこと自体は不思議に思わなかった。この男は、こういう面倒くさいところがあると、経験上よくわかっているから。付きあってやるのはやぶさかではない。

「なに……だって所帯を持つんでしょう。あの方と」

月枝からしてみると、そこまで関係が進展していたとは思っていなかったので、そこは少し驚いていた。だが、外にいる者には見えないきっかけがあったのだろうと思えば納得もいく。だから想定の範囲内のことであった。

「違う」

だから想定からどんどん外れていくやりとりに、胸中、不快感がじんわりと深くなっていく。

それでも現時点で月枝はまだ、いくつか理由は思いつくのだ。月枝の利用価値がなくなったとか、あるいは月枝の弟妹がなんらかの懇願をしたか。もし後者だったら弟妹を叱らなくてはならぬ。

けれどもそれだと、つじつまが合わないのだ。

「……じゃあなんでさっき、『おめでとう』って私が言ったら、兄さん、『どうも』って答えたの？」

　文林は器用に、唇の片方だけをあげる。あまりいい笑いには見えなかった。

「おれは近々皇帝になる。それに対して『おめでとう』と言うなら、それは正しい反応だろうさ」

「…………」

　誇大妄想もいいところだ。この男の発言でなければ。

　完全に想定外のことを言われ、月枝は絶句した。

「……どうしてそんなことになるの？　前も言っていたじゃない。兄さんなんて、その、血の……端くれも端くれなんでしょう？」

　すでに文林がどうどうと「皇帝」と口に出しているのに、月枝の慎重さはこの期におよんでも要点をぼかしてしまう。けれども文林には理解できるはずだった。

　文林の事情について、月枝はかなり早い段階で知らされていた。罪を得た月枝の父を、直接ではないものの、その名のもとに罰したのは文林の兄である。後々知られて、そのときに裏切られても困るから、今のうちに教えると。

　おそらくは試金石も兼ねていたのだろう。誰かに漏らす素振りがあれば、あるいは漏らすつもりがなくてもうっかり……というような隙があれば、自分は文林と今のような関係を築いていない。

恨みはしなかった。

血縁で物事を捉えられるのも、もちろん自分が捉えるのも、もう飽き飽きしていたからだ。それまでの月枝は、罪人の子女という理由で辛酸を嘗めていたから。

半分くらいは意地だった。

「悪いことではないさ。あいつの後押しもできる」

「…………」

「……どうした、お前にとっても悪いことではないだろう」

月枝は胸の前で手をぎゅっと握りしめて、文林に言った。

「兄さん。私……あの方の立身はとても嬉しい。でもそれは、私が嬉しいだけのことなの」

月枝は、関小玉に憧れていた。

底辺から、血縁なんてものに頼らず、自力で出世していく姿。話を聞くだけで生きていく活力をもらえた。

自分だってそうなれるかもしれない。自分ではなくても、弟妹がそうなれるかもしれない。もしくは次の世代が。

母と自分の過去と現在の苦渋は、その未来の礎のためだと、思わせてくれたから。でもだからといって、小玉がその状況を手放しで喜んで当然とも、目指して当然とも思っていなかった。

これは文林の話だけから判断した人物像ではない。

関小玉という人間は、下町ともけっこう縁がある人間だ。花街で妓女を診てくれる物好きな医師とも繋がりが深く、月枝は間接的とはいえかなり近いところで彼女を観察できる立場にあった。

文林が背後にいるため、月枝にあてがわれる客は問題の少ない者がほとんどだ。そのおかげか月枝は重篤な性病にかかったことはない。けれども体調を崩すことはあるし、色々な人脈を作るため診療所によく出入りしていた。

小玉に直接会ったら自分がどうなるかわからないから、顔を合わせないように気をつけてはいたが、彼女の嫂である陳三娘の世話になったこともある。

優しい人だった。亡くなったと知らされたとき、母が死んだときより純粋に悲しんだ覚えがある。母が死んだとき自分には、恐怖と絶望しかなかったから。まるで獣のように、周囲を警戒していた。弟妹を守るために。

月枝は三娘の息子と診療所の庭先で手遊びをしたこともある。三娘の死後は、とんと会わなくなってしまったが、彼は元気だろうか。

文林が思っているより、月枝は文林が知らない小玉を知っている。非の打ちどころのないような人、とは間違ってもいえない。

陰口をたたかれることもある人で、しかもその陰口は「自分はそう思わないけど、そう思う人の気持ちもわかる」という類のもの。そういうことを言われるような隙というか、欠点もある人だ。

「あの方は、そういうことをされたい人ではないと思うわ」

そして、文林がやろうとしているようなことを、別に喜ばないような人だ。

しかし月枝は言いつつも、きっと文林はこれで説得されるようなことはないと思っていた。むしろ今月枝に説得されたとして……もう決まっているであろう即位を取りやめることなんてできるはずがない。説得されないほうが、彼にとっては幸せなのだ。

「だが、歴史に名を残せる可能性が高くなる」

だから「なにを言ってるんだ？」という顔をする文林に、なんだか泣きたいような、笑いたいような気持ちになってしまった。

——なんてしょうがない人なんだろう！

そう思う気持ちは、関小玉の欠点を知ったときの気持ちに似ている。

しょうがない人なのだ。

だから、しょうがないのだ。

欠点を知っても嫌いにはならない。それを含めて彼自身だとわかっているし、彼のありようが、彼にとって害にならないかぎり変えようとも思わない。

それは、家族に対する思いに似ていた。

事実彼は、家族よりも月枝を守ってくれたのだ。

特に、心を。

月枝たちを巻きこんで、弁解するどころか顔を合わせることもなく死んだ父は言うに及ばず、体を売りながら自分たちを養ってくれた母も、子どもたちの安らぎにまで配慮してくれなかった。

前者はともかくとして、後者を責めるつもりはない。母にそんな余裕はなく、母自身身を堕(お)としてから安らげるときなんて一瞬もなかったはずだ。

感謝しているのだ。

けれども泣く弟妹を慰めながら、むしょうにやるせなくなるときがあった。

この子たちの心は自分が守る。将来的にはその体も。

……でも自分は？

手負いの獣のように、攻撃性と警戒心で精神を埋めつくさなければ、やっていけなかった。

そんな月枝の心の中で死にかけていた子どもの部分を、子どものままでいさせる時間を作ってくれたのが文林だ。

文林がいたから月枝の心の子どもは、きちんと大人になれた。本物の獣にならずにすんだ。

本人にそのつもりがあったかどうかは関係ない。ましてや周文林という人物の欠点の有無は、もっと関係なかった。

「……兄さん、もう会わないとして、私を今後どうするつもりだったの？」

「これまでお前には、よく働いてもらった。だから落籍して、好きなようにやらせたいと思っている」

そう言うかもしれないな、と思っていたことはある。

文林が小玉と所帯を持つことになったときにそう言われたら、自分はどう答えるかも考えたことがある。

例の診療所で働くような……間接的に二人と関われる場所に行きたいな、とも。

「そう、ちょうどよかったわ」

「どうしたい？」

今から言うことは、その希望にちょっと近い内容だ。

「私を宮城に連れてって」

月枝の望みを聞いた文林は、珍妙な顔をした。

「……妃嬪（ひひん）になりたいということか？」

月枝は思わず噴きだした。

「いやだわ、兄さん。そんな自意識過剰なこと」

「お前なあ。俺はこれでもなかなか好物件なんだぞ」

情けない声をあげる文林のほっぺを、月枝はむいっと引っぱる。

「わかってるわよ。皇帝になるということを抜きにしても、兄さんは結婚するのにとても条件のいい人よ。私は選ばないけれど」

「私は選ばないけれど」と言ったところで、ほっぺをむいっと引っぱりかえされた。

「でも後宮に入るというのはいいわね。兄さんの私生活に近いところよ。きっと狙われやすいだろうから、私きっと役に立てるわ」

文林は、月枝の言わんとすることを察したようだった。

「……これまでと同じように働くということか」

「これまでより働いてみせるということよ」

「命の危険があるぞ」

月枝は軽く両手を広げて、ふふんと笑う。

「私、三歳の子どもじゃないのよ。それくらいわかるわ」

「どうだか。三歳の子どもみたいに、命知らずだ」

別に死んでもいいのよ、とは言わないでおいた。

「…………」

なかなか頷(うなず)かない文林に、月枝は判断を迫る。

「兄さん」

「好きに生きればいいじゃないか。弟か妹の近くで暮らせるように準備しているし、誰も知らない遠くに行きたくなっても、すぐに手配してやれる」

「好きに生きようとしているわ、兄さん」

この欠点まみれの人を、宮城なんていうおぞましいところに、味方なしで行かせたくなかった。

とはいえ月枝は、そこで生きながらえる自信はなかった。きっと自分はそれほど役に立たない。けれども、彼に味方が増えるまでの間だけでも。

「でも、遠くにやることが簡単なら、弟たちをそこに連れていって。それであの子たちと縁を切れば、私はなんのしがらみもなく働けるから」

元から彼らは、罪人の子女であるという背景を隠すために、名を変えている。おそらくは文林の配慮で、以前見せてもらった妹の嫁ぎ先候補は遠方ばかりだった。どこに嫁したとしても後顧の憂いはない。

それに彼らも、罪人の子である自分たちが皇帝となる文林と接触を持ちつづけることは、よくないことだと理解しているはずだ。

自分たちにとってではなく、文林にとって。

だから彼らが文林の、そして文林の手足となる月枝の枷（かせ）となる心配を、実は月枝はあまりしていない。

「それに、私にだって益のないことじゃない。武官としてのあの方の出世を、これからも近くで知ることができるもの」

「…………」

目を伏せて更に黙する彼に、これ以上判断を迫るようなことを月枝はしなかった。もう彼の答えは決まっているはずだから。

　やがて皇帝が口を開く。

「……奴婢として、後宮に入れる」

「はい」

　月枝は恭しく一礼した。

「ある女官を探れ」

「かしこまりました」

「劉梅花という。俺の母の同輩だったとかで、好意的に接してくるが、どうだか……どういう裏があるか確かめたかったから、ちょうどよかった。お前の裏づけなら信用できる」

「もったいないお言葉です」

　これが皇帝の手足としての初めての仕事。

　――徹底的にやってみせる。

　若干気負っている自覚はあった。そんな自分に内心苦笑しながらも、月枝は同時にこんなことを思っていた。

――できればその人が、本当に兄さんを支持してくれていたらいいな。兄さんの味方が増える。

「後宮に入れるにあたり、お前の名をどうしようか」

「謝月枝のままでよいかと。どうせ本名ではありませんもの」

「むしろ名を取りもどしてやりたかった」

文林はそう言うが、月枝本人はそこにこだわりはなかった。

「ですが、元の名は罪人の娘のものですもの。冷宮の奴婢ならばおかしくはないことですが……いえ、だとしても不自然ですわ。もう何年も前の話です。放逐された者を今さら捕まえて冷宮に送る理由が説明できませんもの」

「ならば他の名を考えるか」

名について妙にこだわる文林に、月枝は小首をかしげる。

「謝月枝という名では障りがございますか？」

月枝は妓女（ぎじょ）としては、それほど有名ではない。それに「謝月枝」という名自体もそれほど奇抜ではないから、そのまま使えるかと思っていた。

そのほうが警戒されず情報を集められたから……といったら能ある鷹（たか）が爪を隠している

ような表現になるが、仮に妓女業に専念したとしても月枝は大成できなかっただろう。半ば伝説と化している南曲の名妓・劉蘭君(りゅうらんくん)などが月枝の技芸を見たら、鼻で笑う自覚がある。

とはいえ大成したら、それはそれでやっかいごとを招く。

花街で働く妓女は私妓(しぎ)と呼ばれるが、完全な自由業ではない。公的な機関に漏れなく籍が置かれており、月枝も例外ではない。北曲程度の場所で地味に働くぶんにはごまかしがきくが、南曲で大活躍しようものなら出自が発覚して、お上に目をつけられてしまう。

よく見たら顔はいいが、技芸はまあそこそこ。気軽に通いやすくて肩肘張らず過ごせる……そういう敵娼に徹して、月枝は情報を抜いてきたのだ。

新たな偽名を使ったとしても抜かりなくやるつもりだが、ふとした瞬間に反応が遅れるなどして、そこを突(つ)かれるのもよろしくない。どれほどわずかだとしても、隙は作りたくない。

月枝は自分に自信を持っていないから、そう考えている。

自信がないことは彼女にとっての弱みではない。それを「慎重」という名の強みに昇華させた。そのことだけは、自信がある。

「そうであれば、新しい名に慣れるまで少しお時間をいただきたく。ですがそれほど余裕がないのでは……」

「そうだな。やめよう……いや、そんな顔をするな。大した問題じゃない。お前は、皇帝としての俺の最初の部下だ。なにか一つ特別なものをやりたいと思っただけだ。くだらん感慨だ」

「まあ」

月枝は微笑(ほほえ)む。自分が気負っているのと同じ匂いを、今文林から感じた。くだらないなんて、まったく思わなかった。

自分はもう、彼からもらいすぎるくらいもらっているのに。

月枝は手紙を用意した。二通。

弟と妹に、同じ文面のものを。

それを文林に託した。月枝が書いている間そっぽを向いていた文林に、読んでもいいと言いながら手渡したが、彼はきっと読まないだろう。でも月枝は、本当に読まれてもかまわない文章しか書いていない。

――あなたの姉は死にました。あなたたちが恩義というものを知っているのならば、私の冥福を静かに祈り、そして遠くで幸せに暮らしなさい。

彼らも「人」ならば、それでわかるはずだ。

そして姉を誇りに思ってくれるかもしれない。

大丈夫、自分と同様、彼らも文林のおかげで、人として育つことができたから。

元より月枝は、文林から請けおった仕事から解きはなたれたとしても、弟妹らと二度と会うつもりはなかった。妓楼から出られるなら文林たちの近くにいようと思っていたし、妓楼から出られないなら、なんとかして店を掌握しようかなと思っていた。

この先の生にどうも執着がわかなかったから、そんなふんわりした未来しか見ていなかった。

けれども今は違う。

きっとよい余生を過ごせるという確信があった。

※

文林の事情について、特にわからないまま小玉は今朝も登城する。

「出勤したくないなあ……」

「はいはい、気持ちはわかりますけど、僕にはどうでもいいので、行きましょうね～」

清喜に背を押されるようにして、小玉はのろのろと家から出た。

そんなんじゃ、遅刻するかもしれない？

いや、そんなことはない。

できる従卒清喜は、自分の仕事上の評価のためにも……いや、仕事上の評価のために、小玉を遅刻させるような真似(まね)はしない。小玉の進行速度を予測して、早めに家から連れ出してくるのだ。

それに甘えて、だらだら進んでる自覚はある。要は清喜に甘えている。

なので、

「叔母ちゃん最近仕事忙しいんだね」

なんて、神妙な顔の丙に昨日言われてしまったとき、正直自分が恥ずかしかった。事情が事情なので朝出るのが早くても帰りは定時なのだが、まだ子どもの丙にそこを不思議に思えと言うのも酷である。

「叔安おじさんところとの釣り、ちゃんと気をつけるから、一人で行くよ」

とも言われて、子どもに気づかわれてしまった自分が情けないったら。

ただでさえよく手伝いをする子だが、最近それが特に顕著だなと思ってたら、彼なりに自身の頼もしさを主張したかったらしい。

はりきってる丙の意気込みをくじくのもどうかと思ったので、小玉は叔安と相談して自分の参加は見あわせたが、自称鱒の化身・清喜だけは同伴させることにした。

清喜、大活躍である。


このまま、文林に会うことはないのかもしれない……最近の小玉はそう思っている。それでも彼のことだから一言、なにか一言くれると思った。

期待していた。

というか、「言え」とすら思っている。

そうすれば「本人から聞いたけど、その他については教えてもらえなかった」ということで、興味津々な周囲からの追及を押しとどめることもできるのだ。

だから向こうから来てほしい。せめて、「一身上の都合で皇帝になるので軍人業退役します」って程度の内容でいいから。

小玉は正直、現状がたいへんしんどい。

「なにも知らない」という態度を貫くと「なにか隠しているんだろう」という目で見られるのだ。

相手が有象無象ならともかく、半分くらいは文林と小玉の共通の知りあいだから、仕事仲間だったり部下だったりする。それを放置しておくと、部隊の空気がどうもぎくしゃくして居心地が悪いのだ。

だから自分も事情を知りたい、という態度をとることで、周囲に自分も同じ立場だということを主張しているが、これは嘘をついているようで、小玉は居心地が悪い。

ことここに至って、小玉は文林即位の件について考えるのもうんざりしてきたので、事情を積極的に知りたいという気持ちが薄れてきている。探ったところで「多分自分じゃわからんだろうな……」という見切りもついている。

なんせ小玉よりもよっぽど血脈人脈に恵まれている班将軍ですら、小玉にこっそり事情を教えてくれるどころか、「どうなってるんだ!?」と聞いてきたくらいだから。息子のことで怒鳴りこまれなかっただけ、ましではあるが。

あの人、奥方が皇族だから、この件は言ってしまえば嫁の身内の話題なのに、まったく血縁関係のない小玉に聞いてくるあたり、完全に異常事態である。

閣下で知ることができないなら、私には無理です……としか言いようがない。実際言ったし、それで彼が引きさがってくれたこと、小玉は感謝すらしている。

さすがに出勤する者がちらほら見える道に入るころには、小玉も清喜に背中を押されるようなことはない。ましてや宮城内に足を踏みいれると、小玉もいいかげん腹をくることができる。

朝衙を終えた小玉は、執務室まで颯爽と歩いていた。

「ああ、関どの」

辿りつく直前で、見知った顔の文官の一人が声をかけてきた。

「おはようございます。なにかご用ですか？」

「おはようございます。はい、実はお呼び出しが……」

それを聞き、小玉は清喜を引き連れて上司の元へと足を向けた。

将軍といえば、軍隊の偉い人というのは常識的な事実だが、将軍は別にいちばん偉いというわけではない。その上には大将軍という位も設けられている。王将軍が死後に賜った位である。

生者に関していえば、現在そこは空席になっているため、小玉は武威衛の実質頂点である。だからといって、好き勝手できるわけではない。食堂のおばちゃんに頭が上がらないとか、そういう話ではなく。

武威衛は左右に分かれていて、それぞれに将軍がいるわけだから、同格の存在はいる。また武威衛を含む十六衛全体を管理下に置く者もいる。

それが小玉にとっての「上司」であり、つまりは宰相である。

当然偉い人。そして文官なので、武官の小玉が限界まで昇進できたとしても、この人の位をこえることは絶対にない。これは小玉の出自の問題ではなく、制度上動きようもないことで、特に不満を抱えるようなことでもない。

自分の上に、指示を出してくれて責任をとってくれる人がいるというのは、まだ若い小玉にとっては一つの安心材料であった。というか、小玉の性格上、これは年を取っても安心できることだ。

上司が難関試験を突破した頭のいい人で、しかも自分に対して当たりがいいときたら……。

――最高じゃん！

少なくとも小玉はこう思う。頼もしいことこのうえない。

男運は底辺よりちょっとましな程度の自覚はある小玉だが、それと同じくらい上司運に超絶恵まれている自覚がある。

といっても小玉の歴代上司は十割男だから、これも男運の一種と考えれば、小玉には不思議でならない。どうしてこうも、極端によかったり悪かったりするのか。

これで自分より立場が上の仕事相手が結婚相手になった場合、小玉の運はさて、いいほうに転ぶのか、悪いほうに転ぶのか。

「関小玉参りました」

「ああ、来たか」

この人もなかなか気さくな上司である。

といっても王将軍のように、家族ぐるみでかわいがってくれるような類ではない。そもそも相手が独身だから当然かもしれないが、仮に家族がいても王将軍みたいにはしないだろうなと思えるような、さらっとした付きあい方をしてくる。

「何かありましたか?」

小玉はそこに不満があるわけではなく、そういう人ならこういう接し方で返そう……と方針を微調整するだけの話である。王将軍は王将軍でたいへんよく、この人もこの人でたいへんよいのである。

「そうだな……これから時間はあるか」

「ええ、はい」

「後宮の……警備について意見を聞きたいと思っている。一緒に来てくれ」

「わかりました、はい」

なんのご用かと思っていたらそういうことかと小玉は納得する。女性武官のなかで一番地位がある者として、こういった類の相談はよく受けていた。さすがに宰相級の人間から聞かれることは初めてだが。

「あ、清喜。明慧たちに……」

「はい、閣下。朝の打ちあわせが遅れるということですね。お伝えして参ります」

「お願い」

「失礼します」と上司に向かって言うなり素早く立ちさる清喜を見やり、上司が「気の利く従卒だな」とお褒めの言葉をくれた。

「ありがとうございます。後で伝えておきますね。彼が喜びます」

「そうしてやってくれ。では行くか」

小玉の少し前を歩きながら、上司が口を開く。

「軍にいる小間使いは、捷い者が多い気がするな」

好意的な感じの声である。

「そうですか？」

「いや……これは、私が運動が苦手だからそう思うだけかもしれないが」

「閣下は確か以前……礼部においでですよね」

「ああ」

「あちらは熟慮に長けた方たちがおいでだったので、そう見えるのかもしれませんね」

口うるさいことで有名なおっさんがいるという事実を、小玉なりに拡大解釈したらそういう表現になる。

「はは、物は言いようだ」

少し笑うと、上司はそこで黙りこんだ。おしゃべりの時間は終わりなのかなと小玉は思ったが、こちらから話を振るのも余計なことだろうと、自身も沈黙を選んだ。

小玉はふと、足を止める。

「……もしかして後宮にお入りに？」

てっきり後宮の外側から「ああでもない、こうでもない」と警備について話しあいをするのかと思いきや、門から入ろうとしている。

小玉はともかく、上司は男である。皇帝以外の男が入ったら基本的に罪に問われる場所で、最悪極刑にもなる場所のはずなのに。

「特例でお許しをいただいている」

「お許し……」

いったいどういう事情があればそのようなことになるのか、小玉には皆目見当もつかない。娘が妃嬪（ひひん）だとか？　いやこの人独身だった……。

「当今はもう妃嬪をお召しになれないご様子だからな。仮に誰かが孕（はら）んでも、皇帝の子と偽ることはできまい……とのことだ。ひどい冗談だ」

最後は吐き捨てるような言い方だった。

小玉はさっと顔色を変える。

「それは私が聞いてもよいことなのですか……？」

皇帝の体調が悪化していることは周知の事実であるが、そこまでとは思っていなかった。実際にこの目で見る皇帝の姿は朝衙でのものだが、どこかやつれた様子であってもそこまで憔悴（しょうすい）しているように小玉には見えていなかった。

割と大事な情報を漏らされてしまった気がする。

「いい。これからの話に必要なことだ」

後宮の警備とそれがどう結びつくのか小玉にはよくわからなかったが、黙っていれば説明されるだろうと思っていた。

上司はびくびくする小玉よりよほど堂々と、後宮の中を歩く。

女性だから小玉がおびえる必要はないのかもしれないが、性別の問題以前に、大事なところに勝手に入ったら誰であっても怒られるものである。小玉は単に死刑にはなりにくいというだけ。

――本当に許可もらってるんですか？

――大丈夫なんですか？

小玉は、そんな言葉を何度か飲みこんだ。

とはいえ門からすぐの建物に入ったおかげで、なんとなく安心する。

「霊瑞宮（れいずいきゅう）だ」

「おお……」

小玉の口から漏れた音は、「おお、これがあの」という感嘆ではなく、適当に口をついて出た相づちだった。

だって、思ったのはこんなことだから。

――知らん……。

これが後宮そのものの別名にもなってる紅霞宮（こうかきゅう）だったら、さすがの小玉も「おおっ、これがあの！」となっていただろう。他にも宮の名前はいくつか知っているので、それだったらもうちょっと熱の籠もった反応ができたかもしれない。

しかし小玉は、入ったこともない後宮の建物の名前を網羅するにはいたっておらず、しかもこれは後で知ったことだが、皇帝の宮からいちばん離れた場所の名前までは把握していなかった。

「知っておけ。十六衛は周辺とはいえ後宮の警備も担当するんだ」

「はい……」

上司から、もっともなお叱りを受けてしまった。

それにしても、宮の中はずいぶん人気がなかった。ずんずんと進む上司の後についていきながら、小玉は再び「いいのかな……」と思いはじめる。

やがて一つの扉の前に立った上司は、扉を五回叩いた。

さらに間を置いて三回。

ずいぶん多い気もしたが、どうやらそれが合図だったのだろう。中から錠が外される音がした。

通された部屋の中には、たいへんな美姫がいた。さすがお妃さま、なんて美しい……と思えたらどんなによかったか。

しかしそう思う前に、小玉は気づいてしまった。

文林だった。

女装した、文林だった。

――え……？　え……？

一瞬のうちに、胸に去来した思いをなんと表現したらよいのだろう。

とりあえず小玉は、三つの可能性を思い浮かべた。

一、文林によく似た姉か妹である――姉妹がいるということを聞いたことはないが、よくある話である。

二、文林は実は女だった――ありえないだろうが、三よりはまだそうであってほしいという願望を捨てられない。

三、文林本人が女装している――あってほしくない。しかし、ぱっと見たところ、そうとしか見えない。

絶対に三であってほしくなかった。しかし相手が口を開いたとたん、一と二の可能性は潰えた。

「外してくれ」

声は完全に男だった。というか、聞き慣れた文林の声だった。

しかしまだ三の選択肢を否定する要素は残っている。

内側から鍵を開けた宦官と、それから上司が部屋から出ていく気配を感じながら、小玉はその可能性にすがりついた。
四、文林によく似た兄か弟が女装している――なんでそんな事態になっていて、しかも自分が引きあわされるのかはまったく理解できないが。
「しばらくだったな」

――あ、三なんだ……。

しかし、相手の言葉で美姫の姿の文林（仮）は、美姫の姿の文林（本物）であることが確定してしまった。

「お久しぶり……」

いつもどおりの言葉づかいで返したのは、文林個人に対峙しているつもりだったから……という信念によるものではない。

今自分が置かれている事態があまりにも衝撃的で、文林がお世継ぎ（仮）であるということが頭からすっぽ抜けていたからだ。

そのことに、挨拶してから気づいた。

つまり眼前にいる存在は、「美姫の姿のお世継ぎ（仮）の文林（本物）」という、属性を盛りこみすぎて、小玉の理解が追いつかない代物だ。

今なら詩とか絵画とかのほうが理解できる気がする。少なくとも眼前の存在に対してよりは、理解しようと思う余地が、小玉にはある。

「…………」

小玉は、言葉を選んで沈黙しているわけではない。

理解したくないということは、追及したくないということである。そんな小玉にできることは、文林からの発言を待つことだけである。

それに多分、礼儀的にもこれでいいんだろう。いろいろなことが解明されていないが、後宮の一室で主然として座っている今の文林は、間違いなく小玉より立場が上だ。そういう相手に対しては、まず発言を待つほうがいいから。

「掛けるといい」

示された椅子に、小玉は諸々と腰掛けた。

「どうした、なにも言わないな。知りたいことがあるんだろう」

「それは……まあ」

否定はしないが、疑問点がいくつもありすぎて、なにから聞けばいいかわからない。そして小玉は今、能動的に動く気力がまったくなかった。相手の話をひととおり聞いてからなにかしらの反応をしたかった。

が、

「お前が、俺の行方を探っていると聞いたから、出てきてやったのに」

「は？」

文林の一言目で、思わず反応してしまった。

喉の奥から、怒気を孕んだ声を出す類の反応を。

文林は小玉の怒りに気づかず……ということはなく、むしろ怒りに気づいたうえで、とんちんかんな方向に突きすすんでいく。

「お前が怒っているのはわかる。あんな約束をしたにもかかわらず、反故にするような真似をして……だが、むやみに探るような真似をして、事を荒立てるようなことはしないでくれ」

「あのね、そこじゃないんだわ！」

小玉は毅然とした態度で、文林の言葉を遮った。今小玉は受動的という態度からほど遠く、それどころか攻撃的ですらあった。

「『そこじゃない』？」

「どういう状況なのか察してはいたけど、きちんと説明されたわけじゃないのよ！　あたし以外にもみんな同じ！　そしたらみんなあたしに聞きにくるに決まってるじゃない！　じゃあ調べるし、調べる態度見せなきゃ『なんだあいつ』ってなるに決まってるでしょ、当たり前でしょ」

「だが説明できない状況で……」

「『説明できない』って言えばいいじゃないの、この馬鹿」

この瞬間の小玉は、心の底からこの男を愚かだと思っていた。心からの叫びだった。

その気迫に文林が気圧された。

「ば、ばか……」

小玉は立ちあがってずかずかと文林に近づいた。

「『諸事情あって退職するが、事情は説明できない』って言っとけば、犯罪にでもならないかぎり、ちゃんと言いつくろってあげたわよ」

それで秘密を抱えることになったら、小玉としてはたいへんめんどくさいことになるし、実際に言いつくろいきれるかどうかは自信がないが、少なくとも断固とした態度で「なにも言えない」という態度は示せた。

「だが追及するだろ」

「な〜にあたしが悪いみたいな態度してんのよ！」

小玉は文林の額を人さし指でどすっと突いた。

「いだっ」

あがる声は無視だ無視。

「あたしに半端に説明して追及をかわすか、なんも言わんで怪しまれて探られるのを防ぐかはあんたが決めることで、これはあんたが選んだ結果ってだけなのよ。どっちも嫌なら、別の方法考えなさいよ、あんたが！」

どすどす！

「その結果、なに？　今この状況はなに？　絶対これ、周囲にもらしちゃいけない類の状況でしょ？　結果的に、こんな明らかに不自然な感じで説明することになるんだったら、最初に全部説明しときゃ話は早いのよ！」

どすどすどす！

突きの勢いは激しさを増す一方だった。

眉間は真っ赤に染まっているが、これは打撲痕ではなく、額に紅で書かれた模様が擦れてしまったせいである。

出血しているように見えなくもない。

小玉の人さし指は連打しすぎて若干痛くなってきてたし、連打されてるほうの文林はもっと痛いはずである。

でもそんなこと、知ったことではない。

「あと、『あの約束』って、『どの約束』よ！　もしかして呑み!?　その約束破られたくらいで、あたしが怒って行方を捜すとでも思ってたの!?　怒ってたのはけじめつけずにいなくなったことだし、単純に心配もしてたからね！」

「あの件だ！」

文林が小玉の指を振り切って口を開いた。

「ん？」

「結婚の、件だ。俺とお前の」

「え……」

小玉はぱたんと、手を下ろした。

もちろん、ときめいたわけじゃない。

さすがにここで、「なんのこと？」とか言うほど小玉の記憶力は怪しくなってはいない。直近では叔安に言われて、「そういえばそんな話をしたこともあったなあ」と思いだすこともあったくらいだ。

しかし文林お世継ぎ説の可能性が出た時点で、あの話はなかったことになってるか、あるいは花街云々（うんぬん）言ってたし元から本気じゃなかったんだなと小玉はごく自然に思っていたから、こんな疑問が口から飛び出した。

「そのこと、今呼びだされてることとなんか関係ある？」

「は？」

文林も小玉と同じ表情――たいへん怪訝（けげん）な顔になった。

「お前、だから俺を探していたわけじゃないのか？」

「ええ～……？」

小玉は間延びした声をあげながら、天井を見た。左右の壁を見た。床も見た。

で、文林の顔を見た。

「つまり、なに？　あたしが恋人……恋人？　の消息を追って、必死こいてると思ってたわけ？」

確かに恋人がいきなりいなくなったら、探す。

というか、恋人じゃなくても身近な人がいなくなったら、ふつうは探す。

しかしそれは、他者の介在――つまり犯罪に巻きこまれた可能性が高い場合で、今回の場合は違う。

手際よく文林が実家を引きはらっていたことからも、本人の遺志によるものだと小玉ですらわかっているし、なにより文林は行方不明になったわけではない。小玉が会えないだけで、宮城内か、少なくとも皇帝が出入りする場所にいることは明らかであった。なんたってお世継ぎだから。

ならばなぜ小玉がわざわざ文林の行方を追うのか――つまり、小玉は文林が恋しくてしかたないから！

そういう考えによるものらしい。

いやはや、前提がおかしい。

「それでわざわざあたしを呼んで、別れ話的なことでもしようとしたってわけ……あーはいはい、そう……」

小玉はしみじみとため息をついた。

「ないわ……」

悪い意味で、深く心に感じいっていた。

「文林あんたね、人の心が分からない以前の問題よ。正直気持ち悪い」

「おい、そこまで侮辱されるいわれはないぞ」

「侮辱されてんのはこっちのほうよ。なに付きあってもいない男相手に別れ話もちかけられなきゃいけないの」

過去にも小玉は許婚(いいなずけ)に最悪な振られ方をしたが、結婚を想定していた男にもいきなり振られた。他にもいくつか経験はある。だがこれは論外。

小玉の貧相且(か)つ悲壮な男遍歴に、「付きあっていない男に振られる」という、悲しい項目が加わってしまった。

前代未聞……というわけでもないのは、幸なんだか不幸なんだか。

勘違いした相手に振られて解せぬなんて話、男からも女からも聞いたことがあるが、当事者になるとこんなにも笑えない気持ちになるのか。

けれども今小玉の目頭が熱くなっているのは、腑に落ちないからでも、怒りのせいでもない。

「情けない……あんたそんなんでよく、皇帝になろうとしたわね。あたしがもっとちゃんとあんたの情操に気を配っていればよかった……もうね、これからのあんたが心配でしかたない」

どちらかというと、文林に対する親心だとか姉心によるもの。

ところで驚くべきことに、小玉はここまで話が進んでいても「美姫の姿のお世継ぎ（仮）の文林（本物）」の事情の大半を教えてもらっていない。けれども今、文林が自分の手から離れようとしていることだけはわかる。

そうなると彼の将来が今、小玉には心配でしかたがない。彼の情操教育は小玉の仕事じゃないと思ったこともあるが、きちんと取りくんでいればよかったと、小玉は今、後悔しきりである。

「わざわざこんな、人目を忍んで……忍び方どうかとは思うけど、とにかく忍んであたしになんか説明しようとしてるってことは、これから先あたしたちおいそれと話ができる関係じゃなくなるんでしょ。それはいいわ。でも文林、これから身近で会話できる人とはよく話をするのよ、本当にね。それで自分の体も大事にしてね」

体を大事にしてね――文林との別離にあたって、これだけは本当に言ってやりたかったことだった。

「小玉……」

「文林……」

ちょっと感動的な雰囲気が二人の間に流れはじめたが、文林のほうは流されてくれなかった。

「ついちょっと前まで、『気持ち悪い』だの『馬鹿』だの、俺を散々こきおろしておいてそれか。俺の情操に不安があるなら、お前は情緒が不安定じゃないのか」

「あ？　あたしは切り替えが素早いのよ」

売り返された喧嘩(けんか)はもちろん買った。

「だいたいあんたなんて、付きあってもいない女について別れ話しなきゃとか考えるなんて、切り替え以前の問題じゃないの」

「この……」

実際、小玉の態度がころころ変わったのは、情緒の問題ではなく単に混乱していただけである。前触れもなく「美姫の姿のお世継ぎ（仮）の文林（本物）」と対面したのだ、混乱しても無理はない。

それでも言っておきたかったことをちゃんと言うべく気持ちを切りかえられたのは、賞賛されてしかるべきだろう。明慧だったら混乱のあまり、対面した直後に文林をぶん殴っていたかもしれない。

ま、小玉だって文林の勘違い発言については引っぱたいてやりたいと今でも思っているが、それはこらえて口喧嘩の売り買いだけにとどめてやったのである。

それは、小玉の上司が戻ってくるまで続いた。

上司に引っぱられて後宮から出ていく小玉は、それでもちょっとすっきりした気持ちになっていた。言いたいことは言えた。悔いはない……いや、一つだけあった。

——しまった、「なんで女装してんの？」って聞けなかった……。

そう、理由を聞いてなかったんである。

混乱から立ちなおりきれなかったからであろうが、基本的には小玉の責任である。

あと復卿。

もうかなり前のこととはいえ、復卿を身近に置いていた小玉は、最初の驚きのあとすぐ「女装した男がいる」ということ自体には順応してしまったのである。おかげで混乱からの立ちなおりが早かったといえるのだが、女装の理由を追及することを失念してしまったのは、単純に失敗といえる。

あと皇帝になるにあたっての事情も聞き忘れた。これについては復卿は関係なく、全面的に小玉の責任だ。

しかしもう知る術はない……いや、まだ確定したわけではない。

小玉はそっと上司に声をかける。

「あの、質問してもいいですか？」

「一つだけなら」

「…………」

なるほど、一つだけ。

小玉は迷ったが、すぐに選んだ。

「あの方、どうしてあのようなお姿を？」

女装の理由を聞くほうを。

――いやほらだって即位の事情なんか皇帝の血を引いてるんだなってことぐらいは小玉にもわかるし公的な理由なんてそのうち発表されるけど女装の理由なんて今ここで聞けなかったら闇に葬りさられるから……。

なんて、誰に対するでもない言いわけが小玉の脳裏を高速で駆けめぐってる間、上司はなぜか無言だった。

「うん……」

ややあって上司は、彼はなんだかとっても困った声を出した。

「それはな……私も知りたいのだ、切実に」

なるほど、もう知る術はないことは確定した。

しょうがないから推測するしかない。

混乱に乗じた暗殺を防ぐために後宮に入れられたのかなとか、それだったら妃嬪の姿でいたほうが世話の面でもやりやすかったのかなとか。

といっても思いついた端から「どうなんだそれ……」と、粗を見つける自分もいる。もう確認しようもないことだ。

だから自分がもっともしっくりくる推測を、自分の中の答えにするしかない。

すなわち――きっと、復卿の薫陶よろしきを得たのだ。

これだ。あいつら仲よかったし。

小玉はうんうんと頷いた。

薫陶を受けるには復卿の死後からだいぶ時間が経っているが、もしかしたら小玉の知らないところで前々から文林は女装していたのかもしれない。そう思えば不自然なことではない。

しかしここで、小玉ははたと気づいた。

――もしそうだったら、復卿の衣類を形見分けしてやればよかったな……。

申しわけないことをしたと、小玉はちょっと悔やんだ。文林は中背ではあるがそこらの女性より体格はいいから、復卿の服でも着られただろう。

復卿は文句を言わないだろうし、清喜ですら是とするかもしれない。

「もしかして、今」

上司が不意に、低い声を出した。

「はい？」

上司はまじまじと小玉の顔を見つめてくる。

「変なことを考えていないか？」

「？　いえ、なにも」

上司の問いに、小玉は迷いなく首を横に振った。

小玉は嘘はついていない。小玉にとっては変なことでもなんでもなかったのだ。善意すら絡んだ思考である。

「…………」

物言いたげな眼差しが上司から向けられる。

もしかしたら彼、他の質問を想定していたのだろうか。そう思いいたったものの「他にないのか？」とも聞いてくれない以上、なにも聞けなかった。

「うわ！」

戻ってきた小玉を見た清喜は、小玉が連れていかれた用事について追及することはなかった。二言三言報告をしていたが、書類を渡してこようとした瞬間、声をあげた。

当然小玉は驚いた。

「ん、なに!?」

「いや、指！　どうしたんですか」

清喜の目は、小玉の差しだした指に釘づけである。

なるほど、これか。

「あー、これね」

小玉の指は真っ赤だった。さっき文林の額をどつき倒した人さし指だ。

指についているのは紅だけで、小玉は「そういえばあいつ、白粉使ってないんだな」と、場違いなことを考えた。

それなのに様になっていたから、あいつ本当に……むかつくほど美人だな、とも。

「血書でもしたためましたか？」

「やんないよ！　ていうかそれやるのって、よっぽどのことだよ」

清喜の問いに、小玉は呆れた声をあげた。

嘆願とか遺書だとかの中でも、よっぽど思いつめた場合でないかぎり、実行しない類のものである。

職業柄小玉は遺書を準備しているが、ごく一般的に墨で書いている。しかも何回か書きなおしてるから、その度に流血するなんてやってられない。血に慣れてはいるが、好んで見たいわけでも、ましてや流したいわけでもないのだ。

小玉は清喜が差しだした手巾で指を拭った。当然だが傷一つない。しかし爪の中に少し紅が残った。

それを見て、小玉の口から小さなため息がこぼれた。

「ねえ、清喜」

「はい？」

「復卿の形見分けの服なんだけど」

清喜が妙に焦った声をあげる。

「ちゃんと大事にしてますよ！」

「いや、粗末にしてるなんてひとことも言ってないでしょ」

言うつもりもない。むしろ大事にしすぎてないか心配しているくらいである。夜、抱きしめて寝てないかな……とか。でも仮にそうだったとしても、小玉が文句を言う筋合いではないのだ。

「もしさ、あの服分けてほしいって人がいたら、どうする？」

「え、お断りですよ。でもそうですね……たとえば文林さんだったら、あの人が女装するって言うなら、やぶさかではありません」

「だよねー！」

我が意を得たりと、小玉は破顔した。

惜しむらくは、文林に復卿の服を渡す機会がもう二度となさそうなことである。もう一回くらい呼び出ししてくれないものか。

――ないか。

小玉は苦笑いをした。

それにしてもおそらくは個人的な最後の対面だというのに、ずいぶんと締まりのない別れ方をしたものだった。

でも死別なんかよりはずっといい。文林は生きているし、これからも生きる。もしかしたら自分の働きが、文林の命を救うこともあるかもしれないのだった。

やがて文林が表に立ち、ほどなくして皇帝が崩御し……。

「多分、好きだったよ、あんたのこと」

即位の日、帰宅した小玉は酒を一口飲んだ。

あの日の別れはろくでもないものだったが、それでも救いというか、文林を決定的に嫌わずに済んだ要素があった。それは文林が強制的にでも自分を後宮に突っこもうとしなかったことだった。

「お前俺のこと好きなんだろ、だったら後宮に入れ」みたいなこと言われてたら、かっとなって自分でもなにをしていたかわからない。もしかしたら今ごろ、大逆罪で処刑されていたかもしれない。連座で巻きこまれる丙のことを思うと、恐ろしくて仕方ない。

文林が最低限の道理をわきまえてくれていたこと、ほんの少し感謝している。だから「多分、好きだったよ」くらいの気持ちで、静かに別れを惜しむことができる。

彼の名前をそっと呟(つぶや)いた。諱(いみな)を口にするのもこれが最後だろう。

「さよなら」

※

そして彼女と目があった。外された。

先ほど即位した。

それは皇帝に対する礼儀通りの行いで、決して悪意からくるものではないと文林はわかっていた。彼女に礼儀作法を叩き込んだのは他ならぬこの自分だ。彼女が礼を失さなかったことに安堵するとともに、胸にどす黒い物が広がるのを止められなかった。

彼女はもはや、自分の目を直視することもない。

──くそったれ。

内心毒づいた。

皇帝となる嬉しさは、文林にまるでない。

十年前ならば、朝廷に対して反感を持っていた自分は、見返してやった気分になれたかもしれない。だが今の文林にとっては、得る物よりも失う物の方が大きかった。

失う物……それは先ほど逸らされた視線に象徴される。

長く民間で育った文林は、その立場のまま軍に入った。皇室に近づこうという意図はなかったが、そうする方が自分にとって都合が良かったのだ。

どのような都合が彼にあったのかというと、それはその容姿であった。仮にも後宮に入るだけあって、文林の母は美しかった。そして息子はそれに輪をかけて美しかった。そのため、不埒な目的で近づいてくる輩が多かったのである。

身分を笠に関係を迫る輩には血筋をほのめかして追いはらうこともできたが、それがどこまで通用するのかわからず、また自分の血筋を疎ましいものと感じていた文林にはそれに頼ることが不愉快でもあった。

したがって、彼は身を守るために仕官することにした。自らの力で出世し、それによって身を守ることが一番効果的であるように思えたのだ。もっとも、出世したとしてもその地位は皇帝、つまり文林が疎む血筋によって成立している以上、その考えは矛盾をはらむのだが。

文官の道は最初から諦めていた。

皇帝の子として文官になるならば、いくら庶出とはいえ警戒されるであろう。かといって商人である外祖父の孫として文官になるのはもっとまずい。

商人の子が科挙を受ける資格を得てまだ十年ほど。受かったら悪目立ちして、身辺を探る者も出てくるだろう。そのうえで皇帝の子であることが発覚したら終わりだ。なにか後ろ暗いことがあって隠しているのではないかと疑われてしまう。

だから文林は文官より格が低い武官の道を選んだ。選ばざるをえなかった、ともいえるが、文官より色々なところがばがばなところは文林にとっても都合がよかった。

そしてそこで小玉に出会った。

……出会ったというか、その下に就かされたといった方が正しいか。

そこには男女の出会いにありがちな甘やかさなどはまるでなかった。なにより文林は小玉を嫌っていた。何故学のない者の下に就かねばならないのかと一人憤っていた。おそらく、兵卒を経た叩き上げの、しかも女性の下に皇族の自分がなぜ就かねばならないのかと無意識に感じていたのだろう。

しかし二人は、紆余曲折を経てうち解けた間柄になっていった。

こうなるまでに至ったのは、彼女の才能が大きく物を言っている。

小玉はある点において希代の天才だった。それはおそらく小玉が徴兵されなければ永遠に発揮されなかったであろうもの、用兵についての才であった。それは運命を信じない文林でさえ、彼女はなるべくして軍人になったのだと思うほどだった。自然に敬意が生まれ、そして友情が育まれた。

彼らは立場の上では上官と副官であったが、心情の上では友人であった。そこから更に新しい感情が生まれた。甘やかなものではなかったけれども。

年を経るにつれ、小玉の才がますます磨かれ、そして評価されていった。

それを最も間近で見つめていた文林は、小玉の才能を誰よりも理解していた人間であり、その才能を誰よりも正確に評価していたつもりだ。そして彼女の立てる作戦を補強する立場であることを、小玉には口が裂けても言わないが、誇らしいことと思っていた。

小玉に恋人ができる気配もなく、焦る必要もどこにもなかった。ほんの数か月前まで、文林の人生は充実していたのだ。

皇帝になったということは、それが奪われたということであった。さきほど逸らされた視線は、目を交わすだけでお互いが何を考えているのか読み取れるほどの関係、それが崩壊したことを示した。

だが、それを無理やり接いでいこうとは思わなかった。

こうなるのを選んだのは自分だ。

だから今更失われたものを求めるような無様な真似はしまい。

だが、葛藤なしにそれを為した訳ではないし、不満の全てを押し殺せた訳でもない。だから、涼しい外面とは裏腹に、文林は心の中で悪態をついた。

それくらいは、自分に許そうと思った。


そんなふうに、文林の中で小玉との思い出は、若干美化されつつも苦さを伴うものとして心の奥にしまい込むしかなかった。

けれども小玉に関することで、心の表面に近いところ、いつでも取り出せるところに置いておこうと決めていることがある。


――でも文林、これから身近で会話できる人とはよく話をするのよ、本当にね。それで自分の体も大事にしてね。


そうだな、と思っている。

過去の色々なものを切りすてて即位した自分であるが、それらの事情をすべて知っていて、よくよく相談できる人間がまだ近くにいる。

いずれ切りすてる存在であり、相手もそれを知っている相手。小玉とは違う意味で特別な相手。いずれ来るそのときまで、大事にしたいと思っている相手。その当事者――月枝が文林の顔を心配そうに窺う。

「大家、ご酒を召しますか?」

「いや、いい。これから仕事だからな」

皇帝としての仕事の一つ――子作りにこれから文林は行かなくてはならない。気が進まないという思いを察したのか、月枝が慰めるように笑いかける。

「前向きに、お考えくださいね」

「お前相手にこんなことで愚痴を吐くほど、無神経ではないつもりだ」

なにせ彼女、元は妓女だ。しかも好きでなったわけではない。

彼女に対して閨事は気が進まないだなんて、口が裂けてもいえない。

「それとこれとは話は別でしょう。わたくしは確かに仕事を嫌だと思っていましたが、そこで優劣を競うつもりはありませんよ。わたくしは仕事が嫌で、大家も似たような仕事が嫌で、おかげでお互いの気持ちがわかる……それでよいではありませんか」

「うん……」

文林よりだいぶ年下なのにまるで姉のように優しく見送ってくれた月枝だが、後日文林は彼女から激しい叱責を受けることになる。

すなわち――女の扱いがなっとらん、と。

人の心がわからない、女の扱いもわからないという文林の、少なくとも後者をなんとかしてくれたのが月枝であることは間違いなかった。

ただ、それで後に貴妃となる高氏が文林に恋をしたのが、誰にとっても幸せなことになるはずだったのになぜかそうならなかったのは、人生のままならないところである。

※

文林がいなくても仕事は回る。

というか、回さないといかんのである。

しばらくの間副官抜きで頑張る小玉を手伝ってくれたのは、文林に教育された班青年なのだが、彼もほどなくして禁軍へ行ってしまった。

書類仕事に関しては、ほぼ新人なのによくやってくれたよ、彼は……。

去っていくときすがすがしい顔をしていたのもむべなるかな。正式な「副官」ではないというのに、副官の仕事を行うという中ぶらりんな状況。さぞ気づまりなことだったろう。

そしてやってきたのが、やたら目をきらきらさせた無表情な女の子であった。年は清喜よりちょっと年下だろうか。

「鄭綵と申します」

「よろしく」

小玉と握手した手を、綵はしばらく眺めていた。


……というのが、数年前の話である。


「なーんてかわいげのある時期もあったねえ」

小玉はからかうつもりだったのだが、綵は顔色も変えなかった。

「ああ、私がいちばんどうかしていた時期ですね」

「なんてことを言うんだ」

現在の綵はすっかりふてぶてしくなっていた。ついでに清喜と仲よくなっていた。

　どういうわけか清喜、綵が小玉と出会ったころは、妙に彼女に対抗意識を燃やしていたが、彼女の小玉に対する扱いが雑になっていくにつれて打ちとけていった。彼の心理が複雑すぎて、小玉は疑問に思うことすらしたくない。

「最近人の動きもなくなって落ちついているのはいいことだけど、こう……新鮮さはないよね」

「それならこの知らせは、喜んでもらえそう」

と声をかけてきたのは自実であった。

「亡命？」

しゅる、と頭に巻いていた巾を取り、小玉は聞き返した。

「そう、亡命」

自実が重々しく頷く。

「へえ……」

小玉は気のないそぶりで頷いた。

なんでも、寛からそれなりに名のある武将が落ち延びてきたらしい。

「うちの国、そんなに魅力的だったの？　それともお隣さんがそこまで駄目すぎだったの？」

「後者です」

「……どういう感じで駄目だったの？」

なんでも、去年即位した新帝（男）が、その武将（やっぱり男）に言いよったらしい。

そして武将側は、それを受けいれられなかった。

「駄目だそりゃ！」

小玉は、ぴしゃりと額を叩いた。

「無理強いは駄目ですよね……」

絲が重々しく頷いた。

「一応聞いておくけど、それって性的にごにゃごにゃな言いよりよね」

「他にどんな言いより方があるんだい？」

「単純に、勧誘とかさー……」

「すでに皇帝に仕えてる武官を、勧誘するってなんかおかしくないですか？」

素朴な疑問、といった様子の絲の言葉は正しかった。

「そうだね……おかしいね……」

それはさておき、結果、強制的に関係を持とうとした皇帝から、その武将は逃げてきたのだという。

「気の毒だな……」

ちょっと前の興味のないそぶりが嘘のように、小玉は心底同情していた。

「大家はどうなさるおつもりでしょう」

寛は、今でこそそれなりに穏便な関係を保っているが、つい先年まで戦をしていた仲だし、現在も訓練する時には仮想敵国として扱っている存在だ。向こうから見たこの国も同様だろう。

へたに相手を迎えて、寛の感情を刺激していいものか。小玉はそう思った。だが、自実は首を横に振った。

「おそらく丁重に迎えるだろうね。こちらに引きつづき向こうでの新帝即位に伴い、両国の関係は危うくなってきている。今後のことを考えると、寛の情報を持つ武将を引き入れるほうが、得策じゃないかな」

「そう。どのみちまた戦になるのね」

「おそらくは」

その時点では、問題はそれくらいだった。

しかし、数日後、小玉は皇帝に呼び出された。そして、小玉の部下として、その亡命武者を迎えるよう命じられた。

ひととおり説明を受けてから小玉は口を開く。

「恐れながら、直言お許しいただきたく」

「許す」

「ご命令とあらば謹んで承ります。しかしながら大家。臣よりも適任の者は他にもいるかと」

小玉は確かに将軍であるが、他にも同格の者は多く存在するし、小玉以上の経験を積んだ者もいる。班将軍とか。

しかし皇帝は首を横に振った。

「……本人の希望だ。それ以上の発言は許さぬ。下がれ」

「……余計なことを申しあげました」

小玉は深く頭を下げ、皇帝の御前から下がった。

本人の希望を聞くとは、相手をかなり優遇しているなと思う半面、なんで相手は小玉のところに来るのを希望したんだと不思議に思いつつ。


　皇帝の前から退出した小玉はすぐ、部下たちに情報を共有した。

　話を聞いて、硬い声をあげたのは明慧である。

「それは……つまり、小玉に監視しろってことかい」

「まあ、そういえなくもないかな？」

　皇帝は一応、武将の身辺に監視の者を置くと言っていたので、その仕事は小玉が主体ではないだろうが、

「正直……小玉に監視なんて繊細なことができるとは思えない……」

「それはね……そうなのよね」

　正当な評価である。

「でもね、向こうも、そこまで脳天気じゃないと思うのよ。警戒されてる前提でうちに来るだろうから、こっちはそういう態度隠す必要ないぶん楽だと思うのよね」

　明慧は、しかつめらしい顔をしている。

「どうだか……」

小玉の言いぶんに、明慧は完全に納得しているわけではないようだった。

「そういう人間を輪に入れるのは、不和の原因になりそうで嫌だね」

自実も嫌そうな顔をしている。彼は皆仲良く！　という主義主張の持ち主ではないが、円滑な人間関係が仕事を速やかに進め、ひいては自分の命を守ると思っている人間なので、それが嫌なのだろう。

「そうなったらまあ、あたしの不徳の致すところです」

言いつつも、小玉もそうなったら嫌だなとは思っていた。円滑な人間関係を大事にしたいというのは、小玉も自実と同調しているところだから。

小玉は懐に入れた者は大事にする性質だ。例の武将も部下になるわけだから、近日中に懐に入りこむわけだが、今いる部下のことを優先的に考えてしまう。人情として自然なことだろう。

しかしこれはもう、皇帝陛下からのご命令なので。

話題の武将と引き合わされたのは、そのさらに数日後だった。

意外に早いなと小玉は思った。小玉に話が行く前に、間諜（かんちょう）ではないという確証はとれていたのだろう。

「納蘭樹華と申します。なにとぞよしなに」

引き合わされたその武将は、皇帝に言い寄られたとあって、さすがにいい男ではあったが、なんだか予想していたのと違った。

すごくでかかった。

明慧より大きい人初めてみた。

あと、髭すごい。

そんな思考をおくびにも出さず、小玉は偉そうに挨拶をする。

「よき戦働きを期待している」

相手が意外に穏やかで礼儀正しいので、ちょっと後ろめたいが。

「令名高い関将軍の下につくことができ、誠に名誉なことと存じます。閣下の武勇は、私の生国にも轟きわたっていました」

「そうか。悪い気はせんよ」

そのあとはまあ、当たり障りのない話をして……不意に樹華が問いかけた。

「時に閣下。閣下の下には、鬼神の如き武者がいますな？」

「……まあ、いるが」

もちろん、明慧一択である。

「私は数年前、そのものと槍を交わしまして」

「……ん？」

記憶に引っかかるものがあった。あれは……文林の初陣あたりだったか。明慧と歴史的な大立ち回りをやった武将が……。

「あれ、あんたか！」

「はっ？」

偉そうに振る舞うことも忘れて、小玉は叫んだ。なんでも、それまで負け知らずだった彼と、唯一引き分けたのが明慧だったらしい。並んで歩く樹華は、目を輝かせながらそのときのことを語った。

「あれほどまでに血が沸くような思いは、あの者以外に抱いた覚えはございませぬ」

「ま、後遺症の残らない程度に楽しんで。彼女も多分喜ぶわ」

怪我をするなとは言わなかった。言っても無駄だと思ったから。

樹華がぴたりと立ち止まった。

「どうしたの？」

「……彼女？」

「あ……」

もはや小玉たちには常識すぎて誰も気にしないが、明慧はれっきとした女である。そして、どう見ても女には見えないことも常識とされていた。

あまりにも常識だったから、ふだん誰も意識しないくらい。

「なるほど……ますます会うのが楽しみになってまいりました」

「あ、そう」

まあ、確かに会ってみたくはなるだろう。小玉はそう思い、練兵の場に彼を連れて行った。

そして後悔した。

「その武勇に惚れもうした！　どうかそれがしと一緒になってくだされ！」

彼は明慧を見るや否や跪いていきなり求婚したのだ。

誰もが凍りついた。

そして誰もが、樹華の言葉の後半をなかったことにするか、別の意味に取ろうとした。

一方、当の本人である明慧は、全く事情と相手のことを知らないにもかかわらず、一切の動揺を見せなかった。

後にある新兵はこう証言している。『おそらく生まれて初めての求愛……しかも人前、唐突という条件の中、堂々と受けて立ったあの姿はまさしく漢(おとこ)でした』

そう、受けて立ったのである。

受けて立っちゃったのである、彼女。

「その意気やよし！　お受けしよう！」

信じられない思いで聞きながら、小玉は思った。

——なんで明慧は良くて、寛の皇帝が駄目だったの……？

後に聞いたところによると、皇帝のもやしっ子っぷりが嫌だったらしい。

むきむきに鍛えていたら良かったのかという突っ込みは、怖くてできなかった。「はい！」と答えられるのがなんだか怖くて。

きっとあいつなら、突っ込めたのに。

そう思った小玉は、その時初めて遠いところ（玉座）に行ってしまった自分のところの皇帝こと文林を恋しく思った。

でも、樹華とは勢いで打ち解けた。

※

月枝は戸惑っていた。

「結婚？」

「はい」

「は？　結婚？」

「はい」

「結婚……とは、はて」

自分の主はこんな、一を聞いて一つも理解できない人間だったろうかと。

現在皇帝の手足として働く月枝は、彼の意向に沿って情報を集めている。主に後宮内にいるが、外で働くこともある。

一度後宮に入ったらもう出られないものだと月枝は思っていたが、配置換えと合わせて動くと意外に外に出られるものだった。妃嬪(ひひん)のような目立つ立場でもないし。

といってもそれは月枝の動きの裏に、皇帝の意向があるからで、「普通に過ごしてたら脱走はまあ無理だな……」と思いもする。

今月枝が任されているのは、寛からやってきた武官の動向について探るようにというものだった。

探るというと遠回しな感じがあるが、今回月枝はかなり直接的に武官の動向を把握している。

なんせこのために一度後宮を出され、武官に与えられた家の下働きになっているものだから。建前上ではなく、ちゃんと彼の服の洗濯とかしている。

やりやすいといえばやりやすい。向こうも「皇帝の息がかかっているだろうな」と察しているので、正体がばれる心配がないのは精神的にたいへん楽だ。月枝の数少ない仲間もうらやましがっているに違いない。

関将軍のことも耳に入って、なかなか楽しい職場だった。残念だが今日で引きあげたわけだが。相手が結婚するので、若い娘を側に置いておくのは家庭の不和のもとになるだろう……という、意外にきめ細やかな理由によるもの。

月枝が皇帝に向かって言ったのは報告ではなく、軽い雑談の中でぽろりと出たことだ。隠しているようなことではなく、相手も知っているに違いないと思っていたことだ。

「このたび結婚した監視対象と、花嫁である張明慧が……」

いきなり大声あげないでください、びっくりしちゃうじゃないの、なんて思いながら、月枝は繰りかえす。

「ですから張明慧……」

「結婚？」

月枝が言い直す前に、また質問されてしまった。

その後、ひたすら「結婚？」「はい」のやりとりが続いた。

「……その宴に関小玉らが参列した様子をお伝えしたかったのですが」

焦れた月枝が話を無理やり進めるまで。

「そうか宴か。宴をしたんだな。宴はいいな、うん」

「はい、たいへん賑やかで」

なぜか「宴をした」という事実だけは受けいれる皇帝に、月枝はちょっとだけ途方にくれつつ、頷いた。

そんな彼女に、皇帝はなぜかすがるような眼差しを向ける。

「お前は明慧のことを知っているよな」

「はい」

「は!?」

「明慧がその……結婚？　したとしたら、どう思う？」

なぜか仮定で聞かれているが、張明慧が結婚したのは確定したことである。月枝は率直に、彼女の結婚を知ったときに思ったことを口にした。

「めでたいことだ、と」

「……他には」

「他……でございますか？」

「お似合いだ、と」

「いや、なに相手がいるみたいな話をしているんだ。仮定の話だぞ」

「いえ、これは確定の話です。張明慧は結婚しました」

「結婚……結婚とは……」

皇帝がまた「結婚結婚」と呟き出したので、月枝はひとつため息をついてぴしゃりと言った。

「男がいて、女がいるのです。男と女が夫婦の仲になって、なにがおかしいというのですか！」

皇帝が愕然とした様子になる。

「俺は、おかしいのか……おかしいのか、俺が？」

「おかしいですね」

月枝は断じた。

皇帝と同じ状態になった者もけっこういるが、彼女はそれを知らない。

ふと、疑問が思いうかんだ。

「恐れながら大家、例の武将の婚姻に際して、許可をお出しになっては、いらっしゃらなかったということなのですか？」

それならそれで、月枝に引きあげの命令が出るのはおかしいのであるが、一応確認。

「いや、妻帯は許している。申し出もあった。この国の女であるならばと、しかるべき部署に確認させてから許可をした」

その過程で、花嫁の名前が皇帝に伝わらず、皇帝も重視しなかったため、月枝の発言で今日この日の惨劇が発生したのだ。張明慧の結婚については特に制限されてもいないので、そちら側から情報も上がってくることもなかったのだろう。

しかしそれは、月枝の知ったことではない。

「では問題ありませんね！　話変えますよもう！」

「すまんすまん」

皇帝が詫びに菓子を渡すまで、月枝はぷりぷりと怒りつづけた。

※

文林が「結婚」という言葉で、行動を誤作動させる少し前の話である。

「清喜、ちょっと付きあって」

「はい、朝までですね！」

乗り気どころか、酒の瓶を担いで来かねない勢いに、小玉は逆に及び腰になった。

「いや、そこまでは……明日仕事あるし」

新婚夫婦が揃って数日休みをとっているので、小玉は絶対に出勤する必要がある。

「いやいや、僕はわかりますよ、閣下。明慧さんの結婚……寂しいですね！　宴のときの閣下の顔！　喜びとともにそこはかとない嘆きを感じました。自分のほうが先に好きだったのとでもいうべきか」

小玉は絡んでくる清喜を止めなかった。

「それはね……」

少しためてから、静かに言った。

「少しあるね」

「やっぱりあるんですか」

清喜が真顔になった。

実際そう。文林の後宮の女性が出産したという話を聞いたときより、ずっと寂しい。というか文林の件については、他の感情で頭がいっぱいだった。

あいつ、女性に対してちゃんとした扱いしてるのか⁉　相手の女性は傷ついていないのか⁉　という……。

父親としての彼については、それほど心配していない。小玉の甥にすぎない丙のこともずいぶんかわいがってくれていたから、忙しくてもちゃんと子どもに向きあうだろう、きっと。

そんな小玉は文林の即位後、丙に「最近小父さん来ないね……」と言われたとき、どう説明しようか悩んだ末に、清喜に説明を丸投げしてしまった。それに比べれば、文林は我が子に対して、あれよりはましな対応をするはず。

「男同士だってきっとあるでしょ、そういうこと。あんただって復卿が女と結婚する日になっていたらそう思うでしょ」

「いやそれと一緒にされても……。というか僕とあの人交際していたので、そんなことになっていたら普通に復卿さんを殺して僕も死にます」

「ごめん、例として本当に悪かった。じゃあ、文林が女と結婚してたら……」

「まあ、もうしてますね。仮定じゃなくて確定の話ですね」

「そうだったね」

駄目だ、自分はもうだいぶ酔ってる。

「僕がそれを聞いて思ったことは、相手の女性に対する心配ですね……」

「やっぱりか……」

小玉は清喜のことをまったく理解できないと思っているが、たまに思うことがある。自分はここぞという部分だけは、清喜と心が直結してるんじゃないか、と。

今この瞬間が、まさにそう。

「そうだね。えー……今日はめでたいね」

話をなんとかまとめようとして出た言葉が、これ。

「やっぱもう閣下寝ましょう。明日も早いですし」

さっき言っていたことをあっさり撤回した清喜に、小玉も頷いた。

「そのほうがいいね」

布団に入り、一気に眠りに落ちていく中で、小玉の脳裏には先ほどの明慧との会話がよみがえっていた。

——どうして結婚しようと思ったの？

結婚式当日に聞くには遅すぎないかい、とか、一度は結婚してみようかと思ってとか、そんな回答を予想していた。

あっけらかんとした笑いとともに。

——見張りが必要かと思った。

返ってきたのは、真顔、ささやき。

——もしあいつに……こちらの情報を持って逃亡されたら、監督不行き届きで小玉が死ぬことになるとあたしは思ってる。けれどもあたしがあいつの近くにいて、万が一の場合に倒すところまでいかなくても、少なくともあいつを止めるために死んだとしたら、最悪お前さんの命は助かると思ってるんだ。

小玉は、自分の息が止まるかと思った。

——ああ、ああ、そんな悲しい顔をするんじゃない。仮にあいつが裏切らなければ、あたしは気の合う夫を手に入れたってだけのことさ。

——樹華に愛情があって結婚するわけじゃないのね。

――少なくとも今はね。というかあのやりとりで、愛は芽生えんよ。

あの「一緒になってくだされ！」「その意気やよし！」のやりとりで小玉もなんとなく納得してしまっていたが、確かにそう。あの場にあったのは勢いであって、愛などではなかった。

明慧は、小玉のために結婚しようとしている。

そんなのやめたら、と小玉が言わなかったのは、明慧の気持ちを踏みにじりたくなかったからだ。

――ずいぶん、愛されてるのね、あたし……。

――そうだよ、愛しているよ。

冗談めかして言った小玉に、明慧もようやくあのあっけらかんとした笑いを返してくれた。

「ありがとう……」

半ば寝言のように呟き、小玉は完全に眠りに落ちた。

目尻から一筋、二筋涙が伝った。

　さて、明慧たちの結婚は、挙式前から多大な困惑をもって迎えられたし、挙式後もやっぱり困惑は止まらなかった。

　──きっと結婚しても、毎日手合わせしかしていないはずだ。

　そんな下馬評（一部願望）があちこちで聞かれたし、夫妻はしょっちゅう生傷を負っていたので、実際手合わせはしている。

　しかしそれも祝言から数か月後に明慧が懐妊したことによって、ある種の絶望とともに、騒ぎは終息へと向かったのだった。

※

「あれから数年が経った」という表現、あれすごく便利だよなと小玉は思っている。

　その一言で、色んな物事があったということが内包されている気がするのだ。

　それさえ使えば、明慧が出産したり、蘭英がいきなり科挙を受けて文官に転身したり、自実が病死したりなんてことも、とにかく色んなことが起こっても、その一言ですべて集約されるんじゃないかと思うのである。

小玉も、「あれから数年が経った」。

「おーし、休憩！」

掛け声にわっと歓声が上がる。

「あつぅ……」

小玉は手拭いの端を襟の中からひっぱり出して、やれやれと顔を拭った。首に下げたままだとあっという間にどっかへ行ってしまうから、作業中は両端を服の中に突っこんでいるのだ。

「じゃあ、あとは頼むわね」

「はい」

綵が頭を下げる。

育てると思って見てやってくれと、上司および相手の母親に言われて三年。

それなりに面倒くさいこともあったが、口うるさかった副官も今ではすっかり朱に交わって赤く染まっている。確かにこういう類の人間との相性はいいのかもしれない。

口うるさい面も残ってはいるのだが、これについては小玉に非があることばかりなので文句は言えない。そういうところも、細かい仕事が得意なところも確かに前任とちょっと似ていた。

文書処理については前任の方が有能であったが、綵はまだ二十歳そこそこの若者だ。単純に比較するのも可哀想(かわいそう)であろう。

副官を見ていると前任と衝突していたばかりの昔を思い出す。後任については前任と違って青いなと思うが、それは自分が変わったからだろう。昔と違ってむきにならず余裕を持ってあしらえるのは、やはり年を重ねた証(あかし)だ。

同時に、前任と同じ水準で張り合っていた自分も青かったのだということを目の当たりにするようで、何だか気恥ずかしくもある。

その前任が皇帝になって三年が経つ。際だって国が良くなっているわけではないが、生活の水準は徐々に上がっているように感じる。

軍の方も土木工事や治安維持がもっぱらの仕事になっている。小玉はどちらかというとそちらの仕事の方が素質はともかく性に合っているため、実に結構なご時世であると考えていた。

おまけに治安に関しても、不届き者が以前より目に見えて減っているのだからますます結構なご時世である。昨年皇子も誕生し、国家はまず安泰であった。

あの後宮で会った日から、彼——文林とは一度も会っていない。

しょっちゅう顔は見てるじゃんと言われればそれまでのことだが、小玉にとってそれは「皇帝」に会ったにすぎないことだ。

小玉もそれなりの地位を持っているため、皇帝に拝謁することはしばしばあるが、個人的に会話をすることはまるでない。

それでいい。

彼の子供が生まれるたびに、個人的に祝いの言葉を言いたいと思いはするが、所詮は個人的な感情だ。その話を聞いた日は、一人でいい酒をあけることにしている。明慧が無事出産した日のように。

小玉のほうはというと、そういう話が出る以前に、まだ独り身である。

三年間浮いた話がなかったとはいわないが、この年になると結婚までこぎ着けるのはなあと思っている。周囲も色々と諦めているのか、縁談を持ち込むこともない。まあそれは今に始まった話ではないが。

「ああ、関将軍」

宮城に戻ると声を掛けられた。直属の部下ではない。

話を聞き、小玉は上司の元へと足を向けた。


「おお来たか」

「何かありましたか？」

ただでさえ気さくな人であるが、ここ数年で彼とはけっこう仲よくなった。

「うむ。話したいことがあるのでな……今晩飲みに出よう」

それもあって、こんな誘いもさらっと言われるようになった。相手が既婚だったらちょっとご遠慮願うところだが、幸か不幸か独身。

実をいうと小玉は、もし相手がその気なら、年はだいぶ上だけど結婚もやぶさかではないぞ……と下心を持って、何回かお誘いにのったこともある。

だが誘いをかけた相手のほうに下心はなく、いたって健全な飲み会で終わった。

それはそれで気楽でいいので、小玉は今日もさらっと誘いに乗る。

だが気にはなる。

「別に構いませんが……」

ここでは話せない話とは一体なんなのだろう。不思議に思ったが、そこで聞き返すほど小玉も拙速ではない。何かがあるのだ。そしてその何かは夜まで待っていればわかることなのだから、今急かす必要はどこにもない。

「で、ご用はそれだけですか？」

「それだけだ」

「うむ。話したいことがあるのでな……今晩飲みに出よう」

「別に構いませんが……」

それだけ……。

「え、完全な私用で部下使ったとかないですよね？」

疑いのまなざしの小玉に、上司は両手を横に振って否定する。

「違う違う違う！　ちゃんと大事な仕事だから」

「ならいいです」

小玉は踵を返し、立ち去ろうとした。

「ああ、ちょっと待て」

「はい？」

「せめて風呂には入ってきてくれんか？」

土木工事現場から直行した彼女は、率直にいって汚かった。もしかしたら悪臭も漂っているかもしれない。鼻が慣れてしまって自分では気づかないだけで。


上司の言葉は実にもっともだったので、小玉は一度家に帰り風呂に入った。

着替えて家人に外出する旨を伝える。

「ついに、春ですか！」

小玉なんかよりよほどそわそわしながら清喜が問いかける。

「いや、いつものおっさん」

「なんだあ」

こやつ、宰相をおっさんよばわりすることに対して、小玉をたしなめるどころか、「なんだあ」とか言いおった。

「叔母ちゃん、俺、その相手が子持ちだったら、その子たちと絶対仲良くするから」

丙は丙でなにやら意気込んでいる。

「気が早いなあ」

だが残念、仕事のことだから、多分そういう話じゃないんだ。

「お供は……」

「いや、いいから」

清喜の申し出を断り、小玉は一人で街に出た。

仕事が仕事なので基本男装の彼女だが、だからといって私生活までそれを通している訳ではない。その時に応じて一番楽な服装をしている。

今の小玉はこぎれいな女物の服を着ている。

男物のほうが変な輩(やから)に絡まれた時に立ち回りやすいが、男装の女は悪目立ちするので、かえって面倒くさい事態に巻きこまれることが多々……。

さすがに小玉も学んだのである。

女性の夜歩きが珍しくもないほど治安のいい昨今、あえて男物を着る必要もない。それに今日は一応訳ありなのだから、余計目立ちたくなかった。

それに若い娘ならばともかく、彼女はもう孫がいてもおかしくない年齢だ。

さして美人でもない小玉に絡む男などいる訳もなく、彼女は何の支障もなく待ち合わせの店に着いた。

店員に声をかけると、既に話が付いており個室に通された。先客はいない。部屋には酒肴が置いてあった。先に一杯やろうかとも思ったが、少し考えてやめた。

窓を少し開け、道行く人の流れを眺めながら待つ。

風呂上がりの肌に吹きつける風が心地よかった。


どれくらい待っただろう。複数の人の気配が近づくのを感じ、小玉は立ち上がった。扉が開き、人が入ってくる。上司とそれからもう一人。

それが誰なのか確認した直後、小玉の動きはまさに神速と呼ぶにふさわしいものだった。膝を折りながら後ろ手で素早く窓を閉める。背後でぴしゃりという音が鳴った時には既にひざまずき、礼を取っていた。

皇帝に対する、臣下の。

そして数拍。

「…………」

「…………」

「…………」

その間、小玉の頭はめまぐるしく動いていた。ここはまず何と言うべきだろう。

皇帝と見てうっかりひざまずいてしまったが、考えてみればこれはお忍びであった。しかし礼を取った以上何か言わなくてはならない。

御意を得ます？

皇子殿下の誕生の御事、祝着至極に……明らかに違う。

いつもならば無難な言葉がぱっと思い付くのだが、あまりにも予想外すぎる事態に混乱して最初の言葉が浮かばない。

悩んでいると、ぼそっと声が聞こえた。

「……『ご尊顔を拝しまして』」

「あーそう！『ご尊顔を拝しまして恐悦至極に存じ奉ります』！」

「はい、じゃあ『立つがよい』」

助言と同じ声が許可を出す。

「はっ」

雄々しく返事すると、小玉はすっと立ち上がった。数年前までは毎日拝んでいた美貌がそこにあった。

「お前……窓を閉めながら礼取るのやめような」

数年前までは毎日のように聞かされていた小言も、そこにあった。

「あいえ、陛下。関は陛下のお姿が外に見えないように配慮した訳でして、そもそも窓を開けたのは陛下がおいでになることを伝えていなかった臣の落ち度であります」

数年前には特になかった取りなしもそこにあった。

そして再び沈黙。

「…………」

「…………」

「…………」

誰もがこのような形での対面――再会を予想していなかった。小玉はそもそも再会自体を予想していなかった。

だからどう反応していいのか、皆目見当もつかなかったのである。

たとえば……後宮に入ってくれとか？

まさかね。

※

「ただいま……」

半ば呆然（ぼうぜん）としながら、それでも足どりはしっかりと小玉は帰宅した。

「お帰りなさい」

出迎えたのは清喜である。

「丙、起きてる？」

「起きてますよ」

「ちょっと呼んで。そんであんたも同席して」

とりあえず丙と清喜を部屋に呼びだす。

改まった態度の小玉に、丙がなんだか嬉（うれ）しそうに言った。

「もしかして叔母ちゃん、ついに結婚⁉」

「うん、まあ、決まった……ね」

「あのおっさんが……へえ〜」

清喜は腕組みしながら、小玉の頭のてっぺんから足のつま先までを眺める。なんだかたいへん不愉快。

「そのおっさんじゃない」

しかしここで清喜をしばいている暇はない。

「えっ、じゃあどのおっさんですか？」

もう清喜を無視して、小玉は丙に対して事実を簡潔に話すことにした。

「あのね、叔母ちゃん、後宮に入ることになった。妃嬪として」

小玉としては生活にいちばん影響が出る甥に伝わってほしかったのだが、横で聞いていた清喜のほうが強く反応した。

「それは……本当ですか？」

清喜の顔色が変わっている。

一方丙のほうは「こうきゅー」「ひひん」とか呟いている。ぜんぜんぴんと来ていない。「後宮」とか「妃嬪」という単語くらいは知っているはずだが、それが小玉の発言と結びついていないのだろう。

「そう、本当。だから……」

「こうしちゃいられない！」

逆に理解が早すぎて、話す小玉を追い越しているのが清喜である。

「そうと決まったら、僕行かなきゃなりません！」

「どこへ!?」

「清喜さん！」

小玉の疑問に答えず、丙の声にも応えず、清喜はぱっと身をひるがえした。ばたばたと部屋を出る清喜は、どうやら外に駆けだしたらしい。小玉と丙は揃って窓から外を見渡す。

見えるのは黒洞々たる夜……ではなく、皓々たる月明かりに照らされる清喜の後ろ姿であった。あっという間に駆け去っていく姿を、小玉たちはぼんやりと眺めた。

やがて動くものがなにも見えなくなったところで、甥と叔母はどこかのんびりと会話を始めた。

「清喜さん、どうしたんだろうね」

「ね」

小玉たちにはまったくわからなかった。

「まあ、そのうち帰ってくるでしょ……」

「そうだね」

「……月、きれいねえ」

「そうだねえ」

清喜の行方は誰も知らないが、そのうち戻ってくることだけは確信しているあたり、小玉と丙は清喜という存在にだいぶ毒されている。

小玉はぱたん、と窓を閉めた。

あとがき

零幕の締めは、彼で終わらせるべきだと思いました。

ということで零幕、これで終了です。これから先は本編につながります。

ここまでは書いておきたいと思ったものを書いたので、人生のノルマを一つ片づけた気持ちです。

このあとがきを書くときに、初めてのあとがきについて考えていたときのことを思いだしていました。

その時の私は、原稿に没頭して雪かきをサボりすぎたせいで、駐車場から車を出せなくなり、スコップとツルハシを武器に闘っていました。

北国の女は、独り立ちするときに母親から氷を割るためのツルハシをもらいます。

嘘（うそ）です。

でも、当時はわりと本気でそう思っていました。

この直後くらいだったかな、職場で雪かきについて話したら、母親からもらう以前に、そもそもツルハシ持ってない人のほうが多かった。なんかショックでした。

今は便利なグッズもありますね。いい時代になりました。

氷の上から杖を突き立てるみたいにして割る感じの……弘法大師が清水を湧かせるとき、こんな感じだったんじゃないかなって感じのグッズ……うまいこと表現できません。しょせんこの程度です。

うまいこと表現できないといえば、私、『紅霞後宮物語』全シリーズを通して、小さい子どものことをうまく書けなかったと思っています。

あのころに甥と姪がいたら、小さい子どものことをもっときちんと書けたんじゃないか……いや、あのかわいらしさは絶対無理……などと葛藤します。

初めてあとがきを書いたとき、甥と姪は影も形もありませんでした。今の私は四人のちびっ子のおばです。

これはアンパンマンネタなのですが、彼らの前で「見て……おばちゃんにも、いのちの星が宿ったんだよ！」と言いながら、胸ポケットから折り紙で作った星を取りだすと、

「はわわ」という顔をするのです。

たいへんかわいい。

さすがに二度三度盛りあがってくれることはないです。「お、ちょうどいい入れ物あるやんけ！」とばかりに、群がった彼らによって胸ポケットが積み木でパンパンにされたことも。

それもそれでかわいい。

そういう一期一会なかわいらしさ、大事にしていきたい。いえ、大事にします。

書きあらわせる自信はないけれど。

前に出た本編の完結巻のあとがきで、もうちょっと続くと書きました。それがこの本です。あの時点でなにを書くのかまで明言しなかったのは、零幕の最終巻が出ると公言できる状態ではなかったからです。

けれどもこうやって世に出すことができました。ほっとしています。

多分出せるだろうと思っていて、本人も書くつもりではいたけれど、はっきり言っちゃいけないタイミングだったわけです。前回の、あとがきを書いている時点というのは。

お仕事だとそういうことありません？　私、本業でもたまにあります、こういう感じのこと。

ですから今このあとがきを書いている時点でも、この後なにか出るのか？　出ないのか？　についてはなにも言えない状況です。

でも、お会いできれば嬉（うれ）しいものです。

二〇二二年十二月八日　雪村花菜

お便りはこちらまで

〒一〇二―八一七七
富士見L文庫編集部　気付
雪村花菜（様）宛
桐矢隆（様）宛

富士見Ｌ文庫

紅霞後宮物語　第零幕

六、追憶の祝歌

雪村花菜

2023年２月15日　初版発行

発行者　山下直久
発　行　株式会社 KADOKAWA
〒102-8177　東京都千代田区富士見2-13-3
電話　0570-002-301（ナビダイヤル）

印刷所　株式会社暁印刷
製本所　本間製本株式会社
装丁者　西村弘美

定価はカバーに表示してあります。

◇◇◇

本書の無断複製（コピー、スキャン、デジタル化等）並びに無断複製物の譲渡および配信は、著作権法上での例外を除き禁じられています。また、本書を代行業者等の第三者に依頼して複製する行為は、たとえ個人や家庭内での利用であっても一切認められておりません。

●お問い合わせ
https://www.kadokawa.co.jp/（「お問い合わせ」へお進みください）
※内容によっては、お答えできない場合があります。
※サポートは日本国内のみとさせていただきます。
※Japanese text only

ISBN 978-4-04-074874-0 C0193
©Kana Yukimura 2023　Printed in Japan

紅霞後宮物語

著／雪村花菜　イラスト／桐矢 隆

これは、30歳過ぎで入宮することになった「型破り」な皇后の後宮物語

女性ながら最強の軍人として名を馳せていた小玉。だが、何の因果か、30歳を過ぎても独身だった彼女が皇后に選ばれ、女の嫉妬と欲望渦巻く後宮「紅霞宮」に入ることになり——!?　第二回ラノベ文芸賞金賞受賞作。

【シリーズ既刊】1～14巻【外伝】第零幕　1～6巻

富士見L文庫

後宮茶妃伝

著／唐澤和希　イラスト／漣 ミサ

お茶好きな采夏が勘違いから妃候補として入内！
お茶への愛は後宮を救う？

茶道楽と呼ばれるほどお茶に目がない采夏は、献上茶の会場と勘違いしうっかり入内。宦官に扮した皇帝に出会う。お茶を美味しく飲む才能をもつ皇帝とともに、後宮を牛耳る輩に復讐すべく後宮の闇へ斬り込むことに!?

【シリーズ既刊】1〜3巻

富士見L文庫

富士見ノベル大賞 原稿募集!!

魅力的な登場人物が活躍する
エンタテインメント小説を**募集中!**
大人が**胸はずむ小説**を、
ジャンル問わずお待ちしています。

大賞 賞金100万円

入選 賞金30万円

佳作 賞金10万円

受賞作は富士見L文庫より刊行予定です。

WEBフォームにて応募受付中

応募資格はプロ・アマ不問。
募集要項・締切など詳細は
下記特設サイトよりご確認ください。
https://lbunko.kadokawa.co.jp/award/

主催　株式会社KADOKAWA